KB106942

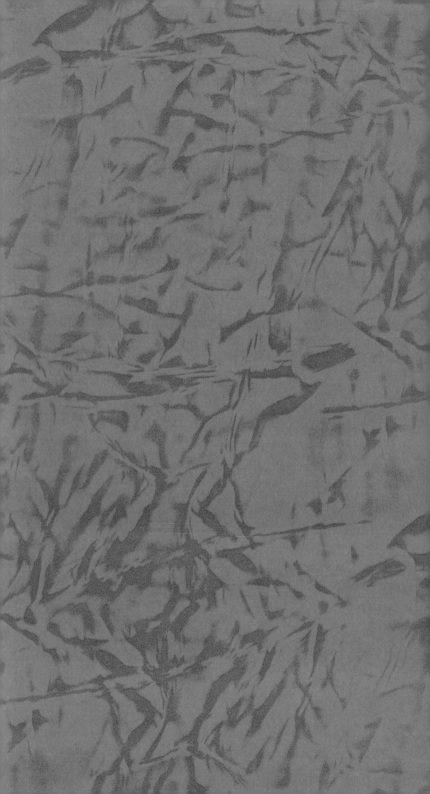

돌아가고 싶지 않아

예술가시선 09

돌아가고 싶지 않아

초판 1쇄 발행 2016년 09월 10일

저 자 박광숙
발행인 한영예
펴낸곳 예술가

주 소 서울특별시 송파구 문정로13길 15-17, 201호
등 록 제2014-00008호
전 화 02) 2676-2102
이메일 kuenstler1@naver.com

ⓒ 박광숙, 2016
ISBN 979-11-87081-02-9 03810

이 도서의 국립중앙도서관 출판예정도서목록(CIP)은 서지정보유통지원시스템 홈페이지
(http://seoji.nl.go.kr)와 국가자료공동목록시스템(http://www.nl.go.kr/kolisnet)
에서 이용하실 수 있습니다. (CIP제어번호 : CIP2016021985)

돌아가고 싶지 않아

박광숙 시집

2016

시인의 말

배후령 긴 터널을 라이트 켜지 않고
숨죽이며 통과한 적이 있다.
어둠 경계선 너머 형형색색 멜로디,
눈부신 세상이 눈앞에 보인다.
샛노란 세상 뱅뱅 돌다가 소울그루브
엇박자 세상을 만났다.
어둠은 경배하다,
숱한 인연 예고 없는 이별을
떨어진 붉은 꽃잎들을 밟고
나의 노래를 세상에 내놓는다.

2016년 가을
박 광 숙

돌아가고 싶지 않아

차례

시인의 말

제1부

제3부

제4부

제1부

時

형상 알 수 없는 밤 캐서린을 부르던, 귀신이라도 나오라
고 울부짖던, 히스클리프
엇박자 춤을 추던 달빛 아래 야생 늑대 닮은 남자 조르바

들깨 향 배어나오는 옷이 헐렁해지는 남자, 아마도 끝까
지 손을 잡고 가지 않을까요

첫아들을 백일날 성바오로병원 냉동실에 두고 바람소리
양철지붕 찢는 청량리역 춘천행 새벽열차를 타고 떠나왔
습니다 그 아들의 무덤을 알지 못합니다

詩(!!??)불규칙 요동소리, 오리무중 속으로 들어왔습니다

벗은 몸 바람에 말라가도 붉은 꽃은 져도 깔깔거리는 내
아이의 아이에게 잊혀진대도
흐물흐물 게워내는 오물들 알 수 없는 그림 얼룩을 입히
며 이슬을 맞겠지요

말들이 뱀의 대가리처럼 춤을 추는 것을 보았습니다

어디쯤

시간이 묵힌 곳 발효 진행 중, 쟁여 놓은 시간들이 겹겹이
그을렸던 흔적을 되짚어간다 선전포고, 숨으러 갑니다
찾지 마세요 창이 없어서 보는 눈이 없어서 연결고리 가
파른 경사면 대롱대롱 매달린 추락 직전의 시간, 딴 세상
비상하지 맙시다 그림자 어두워지면 따라오지 않아요 다
락방, 잡동사니 사연들이 보자기 펼쳐보지도 못한, 붉은
치마 파랑저고리 촘촘한 체크원피스 흰 고무신 첫 발걸
음, 설렘이 담겼던 어제들이 어디 어디로

구석진 곳에서 맞물린 자리

갇힌 바람소리 신음이 섞여 있다
추락하는 빛들이 모여 고여 있기도 하다
엇갈린 운명들이 고음 노래 부르다
그림자 경배해야 내려놓을 수 있는

그곳, 지금 자리

안개꽃씨를 뿌리고 매콤하고 알싸한 청양고추 장아찌 담
고 낡은 집 벽 속 사그락대는 생쥐 숨바꼭질 소리 듣는다

위험신호

혓바닥 도드라진 틈새로
바람이 아우성치며 들락거리는 날

바람에 채인 말들이 몸을 파고든다
쭈빗대던 머리, 산발한 기억들이 구설처럼 달아났다가
회오리친다
말들이, 숭숭 뚫린 가슴 알을 슬고 있네
부화하지 못하는 것들은 발설하지 못하고 용도 폐기되네
기억 속에 도드라진 혓바닥은 아득한 곳에서
아우성치며 새벽을 달리곤 했지
나를 통과한 외마디 비명이 끊어졌다가 가느다랗게 들리
곤 한다

바람이 잦아드는 곳에서는 새벽안개 풍경을 지우고
노래를 울컥울컥 게워낸다
다 싸우지 못한 닭싸움꾼, 서늘한 찬 기운이 다 빠져 나간
맨머리
장미가시 하나 얹어 놓는군

클로즈업

눈부신 양귀비 모가지 뚝뚝 꺾는다 붉은색 철철 흘리기
때문,

두통, 가시 면류관 아버지 물려 주셨다
핏발이 섬뜩했던 아버지의 눈
언어를 쫓아다니다 만난 정체모를 家系
뻣뻣한 머리칼에 솟아나는 고개를 숙이지 못하는

언어 집에는 지붕이 없다
하늘이 허락하지 않았어, 숨은 별을 찾아야 해
얼기설기 맨발을 들여놓아야지
겅둥거림이 발의 지문을 남기네
슬프지도 않은데 흐르는 차가운 기운
소진하도록 바닥을 적신다

물속을 거울처럼 들여다보고 있다

산발한 머리 수초 떠내려간다

먹구름이 밀려 왔었지
핏발이 가득했던 절실했던 아버지
아버지 언어의 집 폐허, 대나무가 지키고 있다
마지막 손을 잡고 어두운 하늘로 가버렸네
어두운 하늘 아래 남겨 놓은 채

물속 하늘이 보인다 두둥실 푸른 하늘 집도 보이네

샛노란 알약이 혈관을 타고 들어가네요

흐느낌을 받아 적어라 올가미를 씌우던 그때를 기억하라
열세 살 여자를 훔치고 싶은 양의 얼굴을 한 늑대아저씨,
잡종 같은 남자, 오월 아카시아 가시 터널에 찢긴 치마를
움켜잡고 핏빛 맨발로 달아나던, 얼굴을 기억한다

'아카시아 꽃향이 싫어'

말들이 휘감기기 시작했어요
가만히 흔들어봐
기억을 더듬어봐
몸속 흐느낌이 흘러나와 나를 적시기 시작한다.
어디서 온 소리일까요

몸의 언어가 필요해

발가락부터, 샛노란 통증 올라오네요
곤두박질했던 때를,
밤기차가 지나가요

번쩍이는 금속성이 소리를 지르네요
무병처럼 온몸을 칼로 도려내고 세상 짐을 다 진 것, 몸
바닥에 깔려 있습니다

어느 지점에서부터 손가락이 써 나갑니다

꽃잎들이 벙글어져요
향이 알싸하게 땅 밑으로 깔려요
원투 쓰리투 쓰리투 쓰리쓰리 원투
흔들리다 보니 앞이 보이지 않는 샛노란 세상이네요

혈관에 모르핀이 들어가요
몰아치던 바람이 안테나 멈추네요
손가락 수신호를 해요
꽃비가 들이치니 사방은 발작입니다

접근 방법

밤이 미쳐 가는지 숨은 달이 미쳐 가는지 내가 미치는지
배추 속살 같은 말들이 기억에서 지워 가는
구절초 피는 계절, 청색 얼굴 마지막 인사하지 못한 너를
떠나보냈지 분홍색 양산 대신 품고 돌배술 반잔, 세상이
흔들흔들 반잔 넘칠 염려 없어서, 아침이 더디 오는 날

밤을 끌고 가는

옥죄는 옷들을 벗어 버리고 무성영화 같았던 시절 낡은
가방에 울음이 담긴 푸른 손수건
빈 수저를 빨고, 빈 수레 끌고, 빈 수레에 끌려가는
어둠을 좋아해 검은 밤 뱉은 말들,

찬양받던 별들에게 손가락질해대던 밤 밝히는 여자

喜怒哀. 樂 어디론가 줄행랑을 치네요

졸작

꽃분홍 누비이불 머리에 이고 이 집 저 집 풀어놓았던 엄
마가 전해 준 색인가
진홍빛 노을이 감긴 하늘을 본다 휘감기는 처연함

할머니 성경가방에서 꺼낸 푸른 돈, 서른여섯 개짜리 크
레용을 샀지
가을 나무 색색으로 덧칠했었지

붉은 물이 흘러 바닥이 흥건하다
검은 태양을 그린다
숨바꼭질 하자는 건가
별점을 쳐보지 그래요
검은 하늘을 뾰족한 별들이 찔러대니 하늘이 붉습니다
덧칠을 하세요

누비이불 한 올 한 올 박음질을 합니다 바늘구멍으로 색
색의 실이 들락거립니다
여자 손에서 피가 흘러요 아이, 암탉도 그립니다 병아리

들이 따라다녀요

노스캐롤라이나 벽에 걸린 엄마 베갯잇 동생의 집 벽에
노을 붉습니다
어색한 해후에 말을 잃었습니다
더듬대는 말 너머 동생이 그린 그림이 걸려 있군요
우리는 붉은색의 후손입니다

붉은 꽃을 마당 가득 심었습니다 말을 걸어요
양귀비라고 하죠
여인 겨드랑이에 사향을 넣었다고 합니다
피칠을 한 치마를 잘잘 끌고 다녔겠지요
붉디붉은 이야기들이 끌려다닙니다
덧칠한 그림은 졸작입니다

향기 가득한 곳이 나비무덤

달구던 햇살 폭력에 꽃은 지고 제 명을 다하지 못하는 생
소리소문 없이 떠나간다

"울며 겨자 먹기 생에서 빠져나오기로 했다"

적막강산이 나의 절정기
상상은 무한하고 가파른 경사의 끝까지 가보는 길
검은 새, 눈으로 아득히 날려보는 일
개옻나무, 환장할 색 고움으로 떠나보내는
그 놀음에 도끼자루 썩는지 몰랐다

텃밭 가득 붉은 모란 심으셨던 식민지 백성 아버지 원고
지 가득 든 나무박스와 함께 귀국하셨다 목이 긴 아버지,
남겨진 건 쓸쓸함이라는 유전자
그 길 끝에 몸 담그고 해도 뜨지 않는 새벽, 말의 주문을
걸고 하얀 창을 들여다보고 있다

하얀 명주이불 운무에 꽃들을 감싸고

안개도시 긴 시간 영혼이 머무는 자리

엉성한 그물에 빠져나간 목마른 간구들

맞바람에 뒤돌아와 보라색 꽃으로 말라가고

하늘나리에 찾아들어간 나비 향기 가득한 꽃이 나비무덤

들어갈 문이 없습니다

돌고 돌아왔습니다
포플러 이어진 길, 먼지 풀풀 날아다니던 버스 탔습니다
언덕 위의 집 멀리 가야 숨을 수 있다고
점점 멀어졌습니다
그리움도 짚이지 않으니 잦아들어 흔적 찾을 길, 이어지
지 않았습니다
문고리 흔들었어야 했지요
녹이 슨 문, 숟가락 가로지른 청록색 무늬 꽃을 피웠습니
다
울타리를 대나무로 하지 말아야 한다는 이야기, 아버지
가 몰랐을까요
뿌리들이 맞물려 마당을 채우고 기억들을 지울 줄
들어갈 문이 없습니다
언덕 위 집, 등 떠밀던 바람이 부드럽게 불고 있습니다
배불뚝 항아리 밑에도 엉킨 뿌리들로 덮어씌웠습니다
들어갈 문이 없습니다
집지킴이 구렁이는 안녕한지요
살강 위 얹혀 있던 소쿠리에 남겨진 밥풀 안녕하냐고요

무릎 꿇고 기도하던 어머니 흰 수건 울음 배어 올올이 풀
려 낡아가겠지요
들어갈 문이 없습니다
한 바퀴 두 바퀴 바람이 불어요
대나무 마디마디 숨겨진 이야기
바람이 노래를 부르네요
두 손 펴 봤어요
주름이 낡은 무늬를 이루고 마디마다 글썽거리는
부뚜막 따뜻해서 책을 보던 언니 안경은 언제나 흐려 있
어요
오래전 사진들 기왓장에서 떨어진 물
흔적으로 지워 가요
아버지 원고지 구석마다 쌓인 이야기
대나무 엉켜 숨은 전설로 남겠지요

들어갈 문이 없습니다

뱀의 목에 방울을 달아주자

가뭄에 시들한 은행나무 울퉁불퉁한 붉은 구름 씌워 주자
거세하지 못한 황소, 밤새 고장 난 트럼본 소리, 마스크
덮어씌우자
여성의 성기 꽃봉오리 뇌관처럼 터트리자 온 동네 환히
밝히는 양귀비꽃 나비들을 불러들인다
꽃을 유혹하고 싶은가 양귀비 꽃밭에 들어간 뱀의 목에다
방울을 달아주자 깃털치마 입히고 장대 끝에다 매달아주
자 바람의 흔들림에 요동치다 부르는 가느다란 목이 쉰
노래를,
십자가 높이만큼 달자
쌓았다 허물어진 돌탑 시간의 모양을 한 제각각의 돌들
오래전에 숨겼던 비밀 발설, 만리장성 허물자고

절실한 여자가 입술을 훔친 영원한 삼십삼 세 청년
훔친 여자, 입을 다문다
사랑의 저울 기우는 쪽에서 추락하는 거죠
아무도 본 사람 없나요
장대에 매달은 뱀, 높은 곳에 있는 이는 보일 거라 합니다

어디 숨을 곳이 없나요 숨겨 주시오

베드로성당 최후의 심판 죄를 해결하지 못한 자들의 자리, 화가는 일그러진 얼굴을 숨겼다

아이들은 사방에서 아우성친다 고양이 사진을 유출한 대가, 고요를 포기해야 할까보다

정오

바람도 없다

눈이 부시다 깜깜하기도 하다
하늘 아래인가
땅위인가
하늘빛이 담긴 사금파리 별빛 담겼나
구슬이었나요
둥글어지려나 봐요
머리카락이 당겨져요
한 올 한 올 통증이 맞물리네요
진한 향이 필요하세요?
천지사방이 붉은색인데요

정오, 그림자도 없다

노란 불이 켜졌어요 눈앞이 샛노래지네요
빙글빙글 도는 지구본 누가 돌리냐고요
세상이 돌고 있나요

초점을 맞추세요 시곗바늘이 겹쳐져요

어디선가 종이 울리나요

새들 때문에 하늘 문이 열릴까요

왔던 길을 되돌아갈 수 없다고 누누이 들었는데요

눈이 부신 정오, 위를 볼 수 없어요

감자스프 끓입니다

겨울 땅속에서 보낸 감자, 젖꼭지 도톰한 보라색 햇순이
봄구경을 합니다 납죽납죽 지지고 볶다가 우유에 잠기게
합니다 양은냄비 끓듯 비릿한 젖 냄새 진동, 물 마른 젖,
젖몸살 앓습니다 해를 넘긴 감자는 잘 무르지 않습니다

고집스런 시간을 알알이 기억하고 입속에서 돌아다닙니다
잊고 싶었던 일들이 모래알로 씹히고
잘근잘근 씹었던 수많은 이들의 말을 밟고 지나간 자리
묽은 것들은 질기다고 귓등으로 듣고
누군가에게 잘근잘근 씹히겠지요

끓어오른 것 색색의 무늬 소리를 입히는
뜨거운 흔적, 깊숙이 숨기고 부글부글 뚜껑을 닫아보세요
활화산 만개하듯 흘러넘치기만 하겠어요
결렬함 잦아들면서 찾아오는
고음의 색깔, 허공에다 덕지덕지 칠갑을 해보는 거죠

누군가의 흘린 것들로 범벅된 길 무임승차 뒤따라갑니다

소울그루브 1

침을 뱉듯 읊조리는 노래들 엇박자 세상을 향해 흔들려
줍시다 날이 선 말들도 흔들대고 휘청거리던 몸은 뒤따라
가고 눈을 한 번만 지그시 감아 주자고요
불빛 아래 세상은 눈부시게 빙빙 돌고
사람이 상품이 되는 곳에서는 천상의 여자처럼 사랑스럽
기도 해요

어둠이 슬금슬금 뒷걸음치며 달아납니다
고개 늘어뜨린 이들도 알 수 없는 곳으로 떠나가고
붉은 아침이 오기 전에는 차가운 새벽이 발밑에 깔려요
떠밀려 벼랑 끝까지 내몰려 보는 거지요 뭐
아슬아슬함의 한계는 어디까지일까요
겹겹이 쌓아올린 것들로는
매의 눈길을 피할 수 없어요

이브, 뱀을 유혹한 건지 황금사과를, 아담이 유혹한 건지

유혹의 꼬리표를 뗀 뱀

혀를 날름대며 하늘을 향해 머리를 흔들어댑니다
태양 아래 분홍의 경계선 허물어지고
뒤집힌 등으로 세상을 밀고 갑니다

소울그루브 2

벗은 몸의 부적입니다 먼 사람들의 끈 이어진, 휘감긴 뱀
형상
몸이 주문을 걸고 혼을 찾아가는 의식입니다
북소리 따라갑니다 흔들리는 생이 누리는 해방감,
몸짓 비명을 담고 최상의 환희도 감기는 길
달이 지는 쪽으로 숨을 곳을 찾아가는 길
가만가만 숨소리 잦아들고

작은 깃털 소중히 감싸고 가만히 날리는 일
소꿉놀이 의식 경건히 받드는 일
기억의 끝에 가 보십시오
발가벗은 모습을 무아지경 춤꾼을 보십시오

오늘의 제물은 빈센트
피가 얼룩진 붕대 벗기고 하얀 쟁반 위에 올려놓겠습니다
펄펄 뛰는 신경줄의 신음소리

세상을 베어먹을 것 같은 눈매를 보십시오

언어 제물로 가장 적합한 밀밭 위의 까마귀들

하늘을 날지 못하고 땅위를 맴도는 까마귀들

광대뼈 날카로운 서슬을 보십시오

노란의자 노란집 노란하늘에 귀들이 둥둥 떠다니고

소울그루브 3

눈앞이 깜깜했던 샛노란 태양, 소리를 감춘 만종, 구름 그
림자 넘어 어둠 뒤를 따라가고 있다

머리는 땅을 향해
발은 하늘을 향해
피리 소리 따라 춤을 추는 코브라
밤의 노래, 형형색색 무늬들로 흔들리고 있다

잊혀진 희로애락, 몸은 기억 갈지자 걸음을 걷고
짭짭해진 어둠, 앞은 캄캄한데
소리 죽인 이들의 절절함을 토해내는 시간

십자가 내려놓지 못하는 이들
십자가에 못 박지 못하는 이들
하늘은 더 캄캄해지는데

하늘을 가린 사람들이 쌓은 철옹성 틈으로
그믐달 숨겨지고

숨을 곳이 없는 이들 희붐한 새벽, 얼굴 가린 손 사이 눈
이 부시고
여명이 드러나자 취했던 무리들은 흩어진다

벗은 나무에 밥풀만한 봄꽃들이
부활의 계절, 바람에 실려 훨훨 춤을 추며 제 몸을 털고
있다

미뉴엣

노랑어리 연꽃 밑에서 물방귀 송골송골 올라온다

달밤 춤을 추는 요정들 사분사분 나리는 안개꽃

볼륨을 높여요

익살을 불러와요

형형색색 세상살이 표정이 하나가 아니거든요

색색이 토해 놓은 높은음자리

지문을 지우고 낙하하는 말들, 밝고 가는

검은 씨앗들이 잘잘하게 매달려요

볼륨을 높여요

유월이 데워지고 있어요

집 나온 발정한 개, 뒤돌아보지 말아요

뜨거워야 해요

발뒤꿈치를 들고 오는 이의 숨죽이는 기척을

친절한 까마귀

영혼을 배웅하는 弔歌 부르지만

나는 미뉴엣 들어요

볼륨을 높여 주세요

사분사분 발뒤꿈치를 들고 춤을 추어요

오늘만은 가벼워야 해요

볼륨을 키워 주세요

자색 안개꽃이 어느 영전에 바쳐진다 해도

미뉴엣 들어요

춤을 추어요

볼륨 높여요

신생아 고음, 울음일까요

불은 젖 안고 있는 가슴 무늬가 그려져요 젖은 손을 닦아
요 사분사분.

난장 같은 말들이

어디선가 고양이 그악스런 소리 들리고 얼굴이 희미한데
무덤을 떠난 우리 주를 알아보지 못하는 새벽
순간의 향락이 알약처럼 넘쳐나는
초침은 가도 날은 새지 않고 각질 부슬부슬 떨어지는 언
어들
어디쯤에서 결이 고운 아침 기지개 켜고 눈부신 새날이
오고 있는지
모퉁이를 돌아 발아래, 자그마한 그림자를 끌고 지나가
는 개미떼를 만날지도 모르지
어느 집 아가는 바람이 덜컥거리는 소리에 울음 그쳤을지
도 몰라
환기구 빠져나가는 바람 컥컥 울어 봅시다
가슴을 드러낸 여자
비에 씻긴 마알간 눈물이 보이겠지요

낡은 처마끝 씻겨나간 기왓장 모래알들 어디로 갔을까요
하나 둘 꺼내 보세요 녹슨 구리동전, 오래전 잊혀진 전화
번호, 문드러진 분홍립스틱

머리빗, 틈에 낀 부스스 떨어지는 엄마 녹두알 같은 눈물
이야기 감추고 헛기침해대는 속모를 이들의 눈길을 보자
고요

한집 건너 번쩍이는 붉은 탑 난장 같은 말들이
낡은 포대에 새 술 담지 말라고, 우후죽순 치장한 환한 유
혹들

빙하 나이테, 시간을 지운다고 경고문이 떠 있네요

제2부

꽃 詩 심은,

흔들림 속에 피워 낸 긴 시간들의 싸움이 있었습니다

나의 기도, 태양의 시간 따라 바뀌는 꽃들의 안녕을 묻습
니다
디글디글한 노랑의 진한 여운을 아시나요
태양이 절정일 때 금빛 출렁거리는 봉오리가 열리기 시작
합니다
수레국화는 속을 보여주지 않습니다
보라의 행복 더디 오는지요

절정의 꽃 모란의 봄은 지나갔습니다
내 발걸음 내 기다림 벅찼던 내 노래들을
어제의 꽃이 내일의 꽃이 되지 못합니다
하루를 채우지 못하는 양귀비 찬란함 되어서
뚝뚝 떨어트리는 저 꽃잎들의 파편

허공에다 목을 매는 마른 빈 주머니들

묻다, 꽁초에게

강을 끼고 돌다 길을 잃었다 젖은 산은 어두웠다

내 말이 들리나요
온기를 잃은 담배꽁초에게 길을 묻다
느슨해진 신발 고쳐 매고, 그림자를 따라갑니다

산짐승, 숨어 버렸네요
내가 산짐승일까요

나를 밟던 하늘
내가 밟은 하늘

검은 외투를 입어야 했을까요
무거워진 소금자루 물을 먹었을까요

허공이 길이 되기도 하네요

당나귀 발을 빼지 못한 수렁
헐거워진 눈이 감겨야 떠오르는, 끈 떨어진 깜장구두

떠나가는 색

황금빛 취한 날, 늙은 은행나무의 파안대소 보십시오

J 노을 붉은색일까요 노란색일까요
H 은행나무 살아 있는 동물 같아요
K 눈이 부신 단풍나무 사진을 보냈다
애첩 같다

노란 혀에 감긴 말들이 훨훨 날고 있다
회오리바람이 시린 몸에 감긴다
낄낄거리던 하루, 홍조 띤 베고니아 지고
약속은 깨기 위함이라고 위장한 옷을 벗는다

굴뚝으로 날아간 봉분처럼 알 수 없는 흔적들

순간에 사그라질 온기, 그리워하며 부르는 노래, 바다으
로 스며들어 저음의 저녁을 맞는다

오베르라브여인숙 5번 방* 삐걱삐걱 나무계단을 오른다

3층 다락방, 곰팡이는 기억 잊지 않았다

미소 짓고 떠난 방 인류에게 준 메시지는 노랑이다

*빈센트 반 고흐, 숨을 거둔 집.

이런 자리 너무 좋아

푸른 장수막걸리 병들이 비워지자 키를 키우는 목소리들

조끼 속에 폭탄을 숨긴 어린 소녀 盲信, 몸들이 조각났다
는 , 쇠파이프 물대포 의식을 잃었다는…

푸른 장수막걸리를 마십니다

우리가 살아내는 방식
앞으로도 살아가는 방식

뒤죽박죽된 길 온몸으로 살아온

장수막걸리 몇 병 불그레 꽃이 피는
낙엽 진 거리 바람이 휘날려도
따순 어깨들이, 객쩍은 소리도 받아주는 여러분이 있어
흔들대며 살아봅시다
잔이 차지 않아도 반잔으로 살아가자고요

옆구리, 차라투스트라 이렇게 말한다
언덕 오르내린 공부방 동지

'이런 사람들이 너무 좋아'

수요일, 광화문 애가

오래된 교회, 고백을 질겅질겅 씹으며 형상들이 나를 따라와 즐비하게 자리잡는다 활자들이 입을 벌리고 우후죽순 고개를 든다 알까 몰라 내 허울 속에서 소용돌이치는 길 잃은 양의 정체를, 동그릇 성수에 손을 씻어 보자 핏빛 십자가, 스테인드글라스에 비치는 절절한 간구, 파이프 오르간 알비노니 광화문 애가 들린다 슬픔을 깔고 앉은 영혼들이 비벼대던 나무의자 낡은 흔적이 드러나 있다 나를 끌고 온 수요일, 돔 교회의 높은 천장 흰 비둘기 날릴 수 없어도 창문 햇살이 따뜻하다

복사꽃 살구꽃 흐드러지게 날리고

돌바닥 깔고 앉아 함성, 목이 쉬도록 질러대는 등짐을 지고 하루 쫓기고 쫓는 밥그릇 자리다툼하는 이들
밤새 촛불을 켜고 얼룩의 아침, 눈물이 말라붙은 얼굴로 찬이슬 맞는 이들

더러 흘리고 다닌, 수없이 씹었던 말들

자라목 안에 숨기고

검은 겉옷을 바닥에 깔고

그늘진 곳에서 숨죽이고, 오르지 못할 빌딩 쏟아내는 총

천연색 파노라마 세상을…

구겨진 은박지

묘한 시간들이 걸어 나오고 있다
번쩍이는 곳에서 서성이기도 했었지

오색별을 만들다 구겼더니 몰골이 사나운 사람도 짐승도
아닌 것, 칼로 푹푹 끊어보세요 형상을 알아볼 수 없는 파
편이 되어, 끊어진 연줄 행방이 묘연해요 흔적을 찾아나
서 봅시다 보이지 않는 곳을 떠돌아다니는 꿈을 꾸어요
오래전 잊혀진 사람들이 보입니다 살아보니 어떠니? 백
발, 분홍나비 달고 다녀요 따라다니지 말아주세요 지금
처럼 살고 싶어요 팥죽을 끓여 배도 채워주고 문설주에도
발라요 등 시린 이들의 등을 토닥거리다, 끊긴 연줄처럼
바람의 출발지에서 낙하하고 싶어요 숨은 눈동자로 동그
랗게 지켜보지 마세요

등불을 켜지 말아요
별사탕을 들고 가면을 쓴 이들이 서성이고 있어요
우리 집 동지 팥죽을 발랐어요

"살기에도 죽기에도 좋은 곳"

구겨진 은박지 송곳으로 말을 채워갑니다

균형감각 없습니다

붉은 양귀비 깔고 앉은 뱀

내 꽃밭에 들어와 살그머니 실눈을 뜨고 눈꼬리 반달처럼 내려가요 낭창낭창한 허리 먹잇감 통째로 걸려 있고 모두는 슬금슬금 달아나요

둔기를 든 폭군이 지켜보고 있었습니다

뭉텅뭉텅 잘려나간 꼬리에서 낭자한 피가 흐릅니다

독 오른 고개를 쳐들고 자리바꿈할 거라고 제물로 남지 않겠다고

동굴 속 그림, 광포한 야수성 숨기고 통증 핥으며 증오 이를 갈고 견디겠지요

극채색 칠갑한, 기억 뭉개지고

격렬한 폭풍처럼 지나가는 길목임을 알고도 발을 빼지 못해 독을 삼킵니다

맞닿았던 입술 푸르스름한 독이 온몸으로 퍼질 즈음 기회의 땅에서

기억에도 잊어질 사람으로 이별의 통보받습니다

하품하면, 떠나가는 생

어머니 눈 깜짝할 새 가버렸다고 팔십 생,
장례식 빗물을 이기지 못해 무덤 비닐을 덮고 산을 내려
왔습니다

사과에 묻은 독을 삼킨 백설공주의 왕자님은 어디 있나요
여자아이, 공주 그려진 옷을 입고 공주 책을 손에서 놓지
않습니다
꿈의 시절 오색 풍선을 날렸지요

두둥실 푸른 하늘 어디쯤에는 사탕궁전 달콤한 물이 흐르
는 샘이 있다고
눈물 콧물이 발등, 질퍽거리는 생
붉은 사과 먹던 시절에도 격렬함 오지 않았습니다
날려버린 풍선 찾을 수 없지요
아슬아슬 물구나무로 서 있습니다

뱀을 그린 화가 행방을 찾고 있습니다

102살 할머니, 노세노세 젊어서 노세
샌프란시스코 요양원에서 전해 준 전언입니다

뜨거운 形象

모서리 먼지 쌓여 게으름이 날아다니는 걸 본다

혀 속에서 감기는 연초록의 감칠맛 길들일 무렵, 발밑에
서 뒹군다

뜨겁던 언어들도 뒤섞인 행인들처럼 스쳐지나간다
노을을 등 뒤에 감고 떠나는 일상이 반복되겠지요

창백한 하얀 꽃 제물로 드린다 서늘한 철이 다가오고
토란잎에 내려앉은 고요, 고개 떨군다

태양빛이 필요한 시기라고
뜨거움을 배제해 보기로 한 것인데 여기저기서 뜨거워야
한다, 널뛰기를 하고 있다
통통한 단맛에 길들여졌기 때문입니다

핑크연필 낯선 길 밑줄을 긋는다

누구는 고양이가 무섭고 누구는 별이 무섭고 누구는 뱀
이, 나는 내가 무섭습니다

홍타령, 발을 담그면 빠져나오지를 못합니다
무덤덤에 불을 지펴보세요
펄펄 끓는 뜨거운 것들에 데어보세요
뜨거운 形象이 무늬로 남겠지요

훈장처럼 달고 다니는 집집의 문양, 나의 집 문패는 늦바
람입니다

무지개 목마

죽은 나무들을 흰 종이에 형상으로 새기기로 한다

날개, 거미줄에 걸린 비비새 말라갈 때를 기다리는 숨겨
진 눈이 있다 상처 길을 내며 빠져나가는 신생아, 바늘구
멍 앞에 서 있다 징으로 둥그런 엉덩이 부분을 깎아내린
다 둥글어져야 한다

가느다란 숨만이 쉬어지는 바람의 길을 나서고 있다
검푸른 하늘의 표정 시시각각 변한다는 걸

나무 나이테, 시간의 무늬 새겨진 생존의 비밀

기울어진 방에서는 형형색색의 이야기가 담겼다 눈물 방
울로 채색한 얼룩들
추락 지점 알 수 없지만, 고향 떠날 때 가져가야 할 첫 번
째 목록이다

목마의 몸통에 보라색을 입히자

보라색 祭衣를 입은 신의 대언자는 고백한 적 없지만
숨겨진 참회의 목록들,

날고 싶어요 하늘거리는 나뭇잎으로 날개를 만들자고요
갈기 휘날려야 하니 깃털구름도 새겨 넣고요 불이 뿜어져
나오는 입 이글이글 저무는 태양을 담고
묵시록 언어는 猶豫하자고요

그늘이 겹쳐진 지점, 어디쯤 눈부신 날들이 더러 있어 바
늘귀 구멍을 지나왔다

론강 삼각지에서 별들이 내리는, 야생 백마들 꿈속 같은
화면이 지나간다

너울너울 붉은 춤을 추며 따라가 보자고요

벽과 내통하고 있습니다

형체를 알 수 없는 아련한 그림자 따라가 보자, 비명 같기
도 상처 같기도 한 말들이 걸어 나온다 확성기 점점 키운
다 귓속에서 이해할 수 없는 소리 왕왕댄다

손톱이 길어진다, 얼굴 손톱으로 긁는다 가슴에서 피냄
새 난다 흥건히 젖은 맨발, 질벅질벅한 어둠에 갇혀 벽과
대면한다

찾고 있다 꿈속에서도 잊지 못한 것들, 가시투성이 면류
관 장미

벽 귀퉁이마다 새긴 웅크린 작아진 몸, 태아 투명한 피의
길 보이는
뒤죽박죽 뒤섞인 맛에는 색채가 없다

하나 둘 서른세 번 머리카락 세다 길을 잃었다
저장된 행적들이 날아다닌다

대물림한 신경증, 붉은 곽에 들어있던 진통제 알약 명랑

환호 광분한 호산나 외치던 무리들, 겉옷을 깔던 무리들
어디로 갔을까요
비틀비틀 뒷걸음질하는 이들도

철 대문 녹물이 만든 흉터들로 잠긴 문이 열리지 않는다
담벼락에 그림을 그리는 이들이 있다

뭉게구름이 들어간 벽, 하늘은 늘 내려다본다

변방 변죽 울리고

벅찬 말들이 어디쯤 길어 올려졌는가, 저장용량이 부족합니다 충전을 하세요 어디선가 들려오는 기계음, 반복해서 숨찬 소리 뱉어낸다

영롱한 빛들이 만든 모조 세상은 숨을 곳이 없다

번쩍이는 날이 선 칼이 필요해

그르렁거리는 맹수 눈길 살기가 붉습니다
등골이 서늘한 푸른 번개 질금거립니다

신이 만든 증오의 실타래, 불타는 형상을 한 사이프러스 나무 위, 오렌지색 하늘을 올려다봅니다 고르디우스 매듭 풀 수 없습니다

싹둑, 싹을 잘라주세요

날갯짓을 시작했어요 허공, 막다른 골목 피투성이 날개

부딪쳐요 어둠인가요 눈을 감고 바늘방석 위로 추락하는
거죠 순간의 짜릿함으로, 너덜너덜한 혼을 누일 곳이 없
답니다

푸른 꽃잎들이 떨어져, 눈물 같은 별빛에 밝히고 아스름
한 달빛이 외면합니다

검붉은 꽃의 형상을 가슴에 새긴 어미들의 노래, 어둠이
활활 타고 있습니다

붉을수록 아팠다

흔들의자 앞뒤로 박자를 맞추면 몽롱하다

창백한 햇살이 의식 밖에서는 온통 노란 빛이다
이정표 덜컹거리고 있다
꿈은 회색이었나
정체가 드러나지 않은 것들에는 註釋 없다

일방통행, 꽃길이 점점 가까워진다

잊혀져 가는 노래처럼 잘게 잘게 찢겨져
희미해지는 기억들
가을볕 바라기를 하는 달구어진 앙상한 발들은 나란히 발
그레하다
트럭, 가을을 신고 떠난다
마지막 무엇이 하고 싶으세요 사랑이 하고 싶어요
미친 바람 맨몸으로 붉은 사랑노래를 불러야 엉클어지는,

층층이 조화들의 길도 붉다 붉은 노래 맨몸으로 부르던

이들도 떠나갔다

허상을 쫓아다녔던, 텅 빈 바람의 자리
모래톱 사지 파도의 무늬들 출렁거렸을 광활한 침묵 거쳐
바람이 떠나갔다

그림자로 끌려가네

회랑을 끌고 가는 수도자, 알 수 없는 시간을 등지고 가네
회전문 따라가 보자 반대편 지나가는 여자 검은 매니큐어
칠한 숨긴 발, 검은 에나멜 하이힐 구두코에는 번쩍이는
여자 전성기 또박또박 지나가지, 검은 고깔모자를 쓴 이
긴 망토를 끌고 가네 몸에 억눌린 노래, 사방 막힌 벽 모
서리를 빠져나가지 못해 뱅뱅 돌고 있네 살그머니 끌고
가는 발소리 멀어지는 여자 구두소리 완고한 지붕 아래,
고집불통 시선들이

발걸음 따라가 보자 검은 그림자 뒤로 끌려가는 쪽에서는
불이 꺼지고 있네
숨죽이며 박자 맞추지 못하는, 가느다란 소리들 숨을 쉬
고 있었나

일렁이는 모래바람에 덮여가는 시간, 소박한 애정에게
뭉클하게 등 뒤를 감싸주는

모서리 뭉뚱그려진 둥그런 나무의자

동그랗게 자리를 잡는다
손으로 발을 감싼다 발로 귀를 감싼다

어디든 굴러간다 몸에 묻은 빛을 털어내자 어둠이 손아귀
에 들어온다 동그랗게 모은다 둥근 플라타너스 나무 아래
닿은 것처럼

빛 좋은 개살구 세상에서 기웃기웃 사는 재미 길들어 갈
무렵, 닫힌 문 너머 알 수 없는 그림이 걸려 있네요

보이지 않는 쪽을 향해 발자국을 떼어보는 거죠 형태가
없기에 절벽도 문이라고 하네요

청춘열차

8호차 8D 예약된 자리에 앉는다

눈을 감고 슬그머니 생각이라는 걸 내려놓는 시간

누군가가 기억을 찢고 있다

엉클어진 건 불협화음이다 슬그머니 훔쳐본다

호피무늬 치마 붉은 블라우스 입었다

찢겨진 종이 파편에는 빼곡한 글이 쓰여 있다

생살을 찢던 야생 표범의 언어였나요

붉은 태양 질겅질겅 씹었던 기억인가요

보이고 싶지 않은 언어들을 갈기갈기 찢어발긴다

절대, 없어요 유예의 시간이 필요하세요

어디든 담아보세요

눈이든 가슴이든 머리든

숨으려 하지 않아도 잊혀요

창밖 석양, 레일이 감겨 내지르는 소리 붉은 파편 뛰어다
닌다

잊고 싶을 때 숫자를 센다

하나둘셋넷다섯여섯… 점점 모호해진다

수없이 지나다녔던 풍경 희미하게 묻혀간다

신발을 벗지 못하는 이들 노래

오늘 내일이 겹쳐지는 시간 불빛, 별을 볼 수 없다

네온, 고성방가 실어 보내는 이들
화음이 흩어지는 시간
눈을 뜨고 있어도 저절로 감기는, 하루가 긴 이들이 건너
가야 하는
숨어 지내는 이, 가린 것들을 본다
종일 신발 한번 못 벗어본 이들
밤과 낮의 시간이 구분되지 않는 생
침묵의 시간 가지라고
대답을 재촉하는 이들 눈빛 간절하다
무얼 바라냐고요?
불 켜진 제집으로 돌아갈 때 기다릴 뿐
온기를 걷어 간 집들은 비어 있고
사람들은 바깥으로 떠돈다
긴 한숨이 겹쳐지는
막차는 떠나고 첫차로 집으로 가야 하는
알 수 없는 굴속 전철역 흐릿한 불빛 하루 건너가고

제3부

플라타너스 잎들이 흔들렸지

뜨거운 유월 햇살 한줌이면 어떠하리오

세랭게티 꿈을 꾼다고
나의 꽃밭에는 제규어가 없는데
으르렁거리는 평원을 달려야 해
밤의 눈으로 잡아채는
노란 꽃들이 발아래 깔리는 소리 들리지요
노란 히아신스 대궁이 흔들리는 소리
샛노래진 바람이 춤을 추네요

마른수수깡 깡마른 소리해대던, 창가에서는 플라타너스
너른 잎들이 흔들렸지

오만가지 깨어나는 뜨거운 유월 제각각 사연들의 색을…
오만가지 형상으로 알 수 없는 곳으로 떠나가나요
검은 땅 끝자락을 밟고 어둠이 내지르는 검은 향 갈피를
들추고 있네요

흰 옷 입는 이 떠나갔네

어제 지나가니 그의 생이 바뀌었네

천장 높은 예배당 부활의 생, 꿈같은 말씀을 전하고 떠나
갔네
검은 옷을 입은 사제들이 먹고 마시고 졸기도 하네

사람 조심하고 건강하라고 한 전언이 무슨 소용인가

소천

동대문시장에서 다알리아 구근 한 아름을 샀지
순두부국 한 사발을 먹고 붉고 흰 기억들이 떠다니네
춘천행 기차를 탔네 어두운 창 너머
한 사람의 목멘 노래 가속페달에 감겨 지나가네

꿈같은 말씀을 전하던 강대상에는 검은 옷을 입은 이들이
국화를 들고 줄을 섰네
하루 잊혀질 생에 대해서 찬양하네

떠난 이의 전언 너는 내 친구였다고 무슨 소용인가

땅속에 묻은 붉은 다알리아 피는 철이 오면
환한 말들이 잊힐 즈음
항아리에 모셔진 그의 집을 다녀와야지

붉은 아침을 맞는데

비둘기 같은 하얀 집에서 비둘기 같은 차를 타고 그이는
화장장으로 간다

동쪽을 향해 붉은 아침을 마중하던 양귀비꽃,
몽롱함에 주저앉았다가

빛이 그려 논 천상의 무늬들
질퍽거리는 살의 냄새 어디선가 망자를 태우나보다
손때 묻은 살아온 흔적 다 날아가 버렸나

서늘한 아침이 등골을 타고 흐른다

날은 새지 않고

새벽을 건너지 못하고 날은 새지 않고 애절하고 애잔한
노래를 부르는 이 화답도 못했다
냉기가 인두질하듯 몸을 관통하지 못했다

날은 새지 않고
작은 창으로 하늘을 올려다본다
어둠 도달하지 못하고
검붉은 냄새

새벽을 건너지 못한다
여름의 냉기를 통과하지 못한다
바람 한 점 없는 깜깜한 하늘을 그린다
검붉은 노래

날은 새지 않고 사라질 노래에 목이 쉰다
지붕 위 새벽이슬 핥아먹는 고양이, 혓바닥에 하늘별 지
워져 간다

쭉정이로 날아가고 싶어요

눈을 감고 그림을 그린다 암흑 덧칠을 하기도 한다 무엇
을 입힐까 혼이 나간 이들의 환상일까 공놀이하는 아이
함성, 빙글빙글 돌고 있는

정지 화면처럼 되돌릴 힘, 어디 있을까

입맞춤, 허물어진 우물에는 물이 없다
검은색 덧칠한 생 오늘 울고 갔다

우두커니 서 있다가 휘젓고 떠난 자리 허공, 바람이 한번
불었나

검은색에다 붉은색 입힐까 붉은색에다 검은 보라 형상을
세울까 솜사탕 달콤함, 노랗다 점점 노랗게 짙어간다 주
황 눈동자를 그려 넣자

봉숭아물, 크리스마스까지 사랑이 찾아오려나

정적이 어둠과 합장하는 깊은 수렁에서 입 벌린 맹수처
럼, 벼랑까지 몰고 온 미소에 떠밀려 가겠지 나긋나긋 미
소에는 속수무책, 소리를 지르겠지 그래야 화답을 하죠
속을 보이지 않고 비리비리한 속내를 훔치는 이들이

나무십자가 세워진 허수아비 빈 깡통 소리 흔들립니다
빈 몸 푸른 하늘이 대신 자리하겠지요

살 가지고 생을 마감하는 이 보지 못했습니다 신생아 쭈
글쭈글한 빈 몸으로

바람이 불어와요 가을꽃잎 분분히 떨구네요 가만히 바람
부는 대로 흔들려 줍시다

알곡이면 다음 생을 다시 살아야 하잖아요 바람 따라 가
줍시다

분류당했지요

등을 댄 남자, 들키고 싶지 않습니다
칠흑 어둠에 눈을 부릅뜨고 내가 나를 노려보고 있습니다
익은 감이 높은 나무에서 떨어지듯 철퍼덕 깨어지고 싶은
밤 아무에게도 나를 주고 싶지 않습니다
지켜보는 내 꼴을 봅시다
날개 잘려지고 주저앉혀 봅시다 왜 아이처럼 떼를 써보지
그래요

어른이고 싶거든요

꼬물꼬물 올챙이 들락거려 노랑부리 연꽃잎 구멍이 너덜
너덜, 작은 연못은 포화 상태입니다
살아남아야 하는 올챙이 건너편 논을 향해 아스팔트길에
깔리고 사력을 다해 건너가겠지요

뜬구름, 지나가는 배역 수행 중
어디 보이나요 집중 조명의 시절이 있기나 했는지

컥컥대며 무릎 사이 머리를 숨기고 숨죽이는데 달은 보이
지 않습니다
캄캄해서 다행입니다
덜컹거리는 이빨로 질경질경 씹고 있습니다

가뭄에 연못 물 한 바가지 올챙이 반 바가지
시들시들한 꽃에게 선물로 뿌려 주었습니다
꼬물대다가… 달라붙은 고양이 패대기치고
악동, 개살떨어 보았습니다

의암호수, 저물녘 해 찬란한 그림으로 능선에 걸려 있습
니다
절경에 감격하는 이들, 삼천포 빠진 연애사 소설로 쓰고
듣는 이들은 깔깔댑니다

노을이 글썽거릴 때 삼악산 봉우리 보이는 자리가 내 무
덤자리입니다

오늘의 행선지 물끄러미

늦대야 암갈색 수놈 늦대야 세상을 향해 포효하려무나 절
벽 끝자락, 작은 짐승들이 오금이 저리도록 소리 질러라
설산에서 길을 잃은 네 짝에게 들려야지 포르슴한 날이
선 얼음이 유혹하는, 빛을 관통하는 번개도 무서워 말아
라 햇볕을 가리는 검은 하늘도 두려워 말아라
하늘만 보면 벌벌 떠는 인간, 하늘의 기척에도 오금이 저
린 인간들, 하늘 향해 굴복하지 않은… 늦대야 암갈색 수
놈 늦대야

맨발과 맨머리 번쩍이는 사내를 보고 싶어요 남자 여자
중간 남자들이 넘쳐나요 재규어 닮은 여인 눈에 든 살기
가 보고 싶어요 눈웃음치지 말아요

대문 밖을 나서 봅시다
바람이 몰아치면 바람을 꿀컥꿀컥 삼키고
별이 지는 암흑 방향으로 미로를 따라가 봅시다

어둠, 몸을 숨기면 치명적 실루엣을 훔쳐 볼 수 있어요

더러는 몽롱함으로 잊혀가는 것도

사각 프레임 꼭짓점 날개를 접어 봅시다 땅을 내려다보지

말아요

나를 포근히 감싸주세요 수탉이 몸짓 시작했어요

소물소물 아이가 발을 떼어 놓아요

최초의 신화가 달아나요

질겨진 여자

징검다리, 등이 밟혀 지나간 자리
발자국마다 말을 줍고 있었지
옥수수 하모니카 불듯
허풍선이 질겅질겅 씹은, 고무줄빵 여자
저 환한 루드베키아 절정일 때
주름 사이 떨리는 겹겹의 이야기들 감추고
노란 꽃들이 7월 뜨거움에 숨을 죽이는데
다 가져가도 남겨 두고 싶은 건

"그 시절 돌아가고 싶지 않아"

또아리를 틀고 하늘을 향해
혀를 날름대고
수없이 밟히고 짓이겨져
고무줄 질겨진 여자
찢겨지는 바람, 고개를 숙이고 지나가죠
뭇매에는 무릎을 꿇어 주지요
개기름 먹은 포대자루 사방 혼적 질질 흘리고 다녀요

꿇은 무릎, 주름 내가 살아내는 지문입니다

눈을 감으면 활화산 타고 있어요

붉은 나리 심었어요

검은 봉투 숨죽이던 것들이 하늘을 찌르네요

11월이 내게로 오네

나무 다 비우고 말을 비우네

스물스물 드러나는, 걸려 있는 꽃들은 지고

나무젓가락 노래 바람을 타고 내 방을 찾아오네

박자 따라가자 얼굴을 보여주세요

아름드리 구절이 새겨진 그림을 보네

헝클어트리며 오고 가는 발자국

밤의 개가 알 수 없는 흔적 따라가며 목 놓아 짖고 있네

부엉이 눈이 밝아지는 어둠,

내게 찾아오는 멜로디, 붉은색 건너가고 있는 짙은 보랏

빛 얼굴

그 모자 스트라이프 문장이 새겨져 있네

꿈에 본 사원, 짓다만 말들이 놓여 있고

발칙했던 사랑, 피해 가버린 고백, 절절함 이어지지 않는

다는 걸

꽃 시절 흔들지 않았는데도 가버렸다는 걸

치마 뒤집혀 깃발 펄럭이고

제목 알 수 없는 노래를

눈부신 선홍색 포개다

발가벗고 서 있는 겨울나무, 돌에 맞는다 고개를 숙이지도
못한다 수치를 감추지도 못하고 선홍색 흉터 칠갑을 한다
죄 없는 사람들아 돌로 치라고 명한, 음성을 듣지 못했다
옷을 입은 자들, 입에 거미줄을 친다 익명의 생들이 주렁
주렁 물방울처럼 흘러내리기도 하고 걸려 있기도 하다

세상 소리 관통한, 바람구멍 숭숭 뚫렸다
새로 지어 입은 옷은 몸에 맞지 않다

벗은 돌부처, 눈물도 받아먹고
웃음도 흘려보내고
산자락 베어 물고
하늘 올려다보자

게으름 놓쳐버린 몽롱한 길, 들어서지도 않았는데 맴돌
던 나비 날아갔다

구름의 하소연

검은 옷 입고 검은 두건을 썼네 들판 가시밭 타오르는 불 위를 걸어요 음악이 필요하세요 박자 필요 없어요 도망자 에겐 헐은 발이 필요해요 핏자국이요

콩 볶듯 쫓아오는 검은 옷을 입은 무리들 군홧발 소리 검은 자국 찍어요 밤, 피의 전사들은 태어나요 숨은 이들은 날개 잘리고 구름을 볼 수 없어도 캄캄함에 익숙한 이들 온몸에 흔적을 새겨요 광기 피 냄새 맡아요

분홍의 말랑말랑한 거처를, 분홍의 꽃도 심고 하얀 기저 귀도 빨아 널어요 흰 빵이 발효하는 천막 속에서 따뜻한 흰 우유 한 잔이면, 굴뚝 흰 연기 피워 올려요 말이 필요 하지 않아요 등을 가만히 토닥거려 주고 싶어요 콩 볶는 들판 가로지르느라고 눈에서 번쩍이는 살기를 내려놓으 라고 입술 달콤한 여인 살 냄새 맡으라고 내 딸을 내 아들 을 그의 딸들과 딸의 아들들과 혼인하며 눌러붙어 살아보 라고

그 아이들의 아이들을 먹이고 여인 궁둥이를 두들기고 아 이들이 할아버지 수염을 비비 꼬는 것

꿈을 꾸는 이들이 늘어나야 해요 백악관에다 장미꽃 원자
탄 떨어뜨려야 한다고 로켓에 은하수 뿌리면 어떨까요 견
우직녀 만날 텐데요

첫딸의 딸과 몽마르트언덕 바람을 그리는 이를 만나보는
것 그 언덕에서 글썽거리는 노을 안녕을.

문어발 이야기

뒤죽박죽된 파편으로는 노래가 되지 못한다

불협화음, 붉은 광선을 피해 찾아든 골방, 철 지난 옷들이 보초 서듯 걸려 있고 널브러진 종이 버리지 못한 숱한 언어 신음소리, 속이 보이지 않는 검은 우물, 목마른 갈증을 길어 올릴 수 있을는지
작은 웅덩이 풀씨가 자라고 수련 몇 송이 피우니 흙탕물 맑아진다
서걱서걱 발걸음 닳았던 자리 묻어온 언덕의 바람, 수레국화 금송화 목화씨앗들

꽃들이 환장할 붉은 노래 대신 부르겠지요

밑줄 친 말들, 눈길 벗어나라고 빈들로 내려서라고
어둠에 첨벙거려 보라고
오래 가둬 둔 색색의 이야기들
문어발 같은 깜깜한 어둠을 뚫고 심연에서 발을 빼는
파열음, 모든 활자들을 먹어 치우는 파쇄기 돌아가고

슬픈 왈츠

충무로역에서 상록수역까지 손수건 적시며 온 여자, 가
파른 집 오른다
서해 바다 철썩철썩 어둠이 토해 놓은 긴 울음 우는 여자

손끝과 발끝 박자 두둥실 떠올라요
의식, 초점에서 비껴나야 해요
곳간은 비어 있어도, 사랑노래 부르는 여자

모가지를 꺾지 마세요

어깨를 들썩거린다고 춤이 되진 않아요
재물, 조명 받을 수 없어요
두둥실 떠다닐까요
기운이 소진할 때까지
추락하는 비결이죠

죽는다고 입버릇처럼 말하는 이 죽지 못합니다
살아내느라 절절한 이들이 십자가를 내려놓지요

해는 붉은데 얼음이 언다

석양을 베는 칼 한 자루 얼음 속 헤집을 것이다

얼음 속 날개 잘린 새, 해빙기 쩔뚝이며 기어 나올지도
내 어깨에서 떨어진 날개 짝을 찾을지 몰라
뒤뚱뒤뚱 우스꽝스런 몸짓, 박수를 보낼지도
무언가를 보여줘야 한다고
아이처럼 첫발을 떼어보는 거지
흰 버선 신은 어머니 서너 발 앞에서 박수를
나는 이제 그 어머니 없습니다

꽁꽁 얼려 놓은 냉동실, 분홍 바람이 살살 불지 않습니다

살얼음 밟고 가는 시간
초침으로 기록할 이 누가 있겠는가
얼음 위를 끊겨질 듯한, 고음 바람이 지나가지
전자바이올린, 극한 소리
아침이 고음 끌고 갑니다

깊은 동굴 잠자던 붉은 곰 얼음 길, 내 발자국을 보냈나요

제4부

서울구경 1

백일몽, 서대문공원 가을햇살 아래 졸고 있던 노인들 아
코디언 어두운 주름 사이 울먹이는 노래가 멀어져 간다

발품을 팔아 찾아온 공원 돌거북이 전생의 기억처럼 눈으
로 들어와 자리를 잡는다
손때 묻은 부분이 반지르르하다

손들이 포개져 시간이 글썽이고 있다
글썽이는 게 사람 마음속뿐이 아니다 아픈 피를 흘려야
만이 아니듯이

정적, 언어가 아니어도 들린다

청계천 가라앉은 소음, 시간의 그늘 통과해 강물로 붉게
흘러들었다
인왕산 아래 세기를 넘긴 십자가 걸린 간구, 허공에서 사
산된 채 뜬구름 떠돌고

흔적 없을 발자국 낙엽 위에 포개지고 있다

간이의자 무심을 깔고 앉아 파노라마 어제를 바라본다
하늘을 비워 놓는 하루, 여백 사이 어제의 나를 지워간다

눈이 부신 가을날 공원 한가운데 눈이 부신 연인 포개져
입술 뗄 줄 모른다 멍멍개도 외면하고 꼬리를 절레절레
흔들고

서울구경 2—광화문광장

흰 모자 흰옷 입은 이가 지나갔다
군중 장엄한 행렬도 물결처럼 지나간다
검은 모자 푹 눌러쓴 이도 따라 지나갔다
쫄랑쫄랑 흰 개 왕관을 쓰고 지나간다
검은 개 가면을 쓰고 쫄랑쫄랑 따라갔다
침묵 돌을 탑처럼 쌓은 형상, 긴 칼을 차고 있다
흰 꽃 바치던 이들도 지나갔다
검은 꽃 바친 이들도 따라 지나간다
천막 아래 붉은 노래 부르는 확성기, 줄지어 서 있다
낡아가는 노란 리본 가을에 흔들리고 있다

제복을 입은 이들 표정은 드러나지 않는다
비를 맞고 있다

목줄에 끌려가는 야생 개 절규하듯 깨갱거리고, 어느 집
개가 짖고 있나요

서울구경 3—청계천

그녀 처마 끝자락에서
종이박스 구근 꽃씨들을 판다
손톱 까맣게 세상 때가 묻어 있다
노란 앞치마 봄이 먼저 와 있다
사가세요 색이 너무 이쁜 글라디올러스예요
물 마른 구근에서
열대 건너온 태양 불러온다
야생 구절초처럼 말갛게 웃는다
색을 파는 여인
태양 담은 다알리아 구근 검은 비닐에 담긴다
그녀 가파른 계단 끝자락에서
제정신 풀어놓은 찬바람을 맞는다

까맣게 엄마 기다리는 아이 밥숟가락,
앞치마 주머니 손때 묻은 푸른 지폐 한 닢 담긴다

강남역―새벽 풍경

새벽이 왔는데 닭들은 튀겨진 채로 유리 안쪽 겹쳐져 있
다 그물에 걸린 젊은이들의 고성 울분이 유리잔에 담겨
고래고래 소리 지른다

네온의 불빛 하늘도 가려 버린 곳

안경을 벗어 놓고 비를 맞은 채 잠든 이도 있다
넥타이를 풀어헤치고 흔들어대는 이도 있다
날이 새기 전에 제발 집으로 데려다주세요

이방 언어 주고받으며 밤새 땅을 파고 있는 이들
일을 끝낸 여자들은 창백한 입술에 립스틱을 바르며 눈부
신 아침을 맞는다

올려다보아도 까마득한 교보빌딩 현관

"당신의 마음을 애틋이 사랑하듯 우리 사는 세상을 사랑
합니다"

강남역—정전

지하에서 촛불이 일렁대니 괴괴하다 놀란 개들이 컹컹대
고 사람들은 손을 놓고 있네

입이 보이지 않고
눈도 보이지 않고
귀도 들리지 않으니
형체들이 천천히 이동한다

눈앞을 분간할 수 없는 이들은

밥을
빨래도
물건을 사고팔 수도 없는데
숫자판 응답이 없네

어둠은 등 뒤를 돌아보지 않는다
뒷다리에 걸려 넘어지기도 한다

불 켜진 진열장 마네킹 머리 뒹굴고 팔다리 따로 돌아다
닌다
동공이 더 커진 이들 땅위를 올라가야 한다
덕지덕지 붙은 세상에는
사람들이 버린 말들이 돌아다니네
안녕하세요 반갑습니다 또 만났군요

잠시 어둠을 빠져나온 이들 손으로 얼굴을 감싼다
빛의 속도의 정신줄을 놓는다

어둠의 일들은 까맣게 잊힌다

강남역—디자인거리

얼굴에 맞는 배역은 찾을 수 없습니다

지방이식을 잘하는 얼굴성형외과 가슴굴곡 잘 만드는 미
스코리아성형외과 갈비뼈를 하나쯤 빼고 라인을 만드는
스타성형외과

젖을 먹이는 여자 더 이상 필요하지 않습니다
창조는 하나님만 하시는 게 아니잖아요

치료하는 의사, 일거리 필요하지 않아요 새로운 턱선과
삼삼한 코 반짝반짝한 피부를 만들어야 해요 수억이 들면
최상의 상품을 만들어 드립니다

명품 킬힐 신고 구두굽만한 치마 입고 시선은 자연스러워
야 세련되었다는 소리를 듣죠

희로애락은 예술가들에게 맡기세요

디자인거리 광고판 3초에 한 번씩 변합니다 눈 깜짝할 사이 사람들도 변하고 거리 변해요
상품도 진열대에서 사라져요

어디선가 북소리 들립니다 불씨를 살려야 합니다 디자인거리에서 밀려난 노점상, 구호를 외칩니다 절규로 변해 목이 쉬지만 메아리 잦아들어 아무도 듣지 않습니다

서로 알아보지 못해야 살아낼 수 있어요

마네킹, 모조품 넘쳐나고 처녀 재생산한다잖아요
진품증명서 어디서 발급하나요

강남역—삼성가

유리빌딩 하늘구름이 들어와 쌓아올린 시간들, 가릴 것
없는 세상을 비추고 있다

질근질근 씹은 담배꽁초
넘기지 못한 커피잔 속에
쫓기는 이들의 시간이 남겨졌다

건전지 부품 같은 생
조금만 더 높이 더 높이 날아야 한다

어두워진다
카드를 목에 단 이들이 떠났다
불철주야 돌아가는 감시카메라
어둠과 대면한다
나뭇잎들이 우수수 떨어진다
떠난 이들이 뱉어 논 말들 쏟아놓는다
아이를 놀이방에 두고 왔어요
엄마가 보고 싶대요

목줄이 걸려 있는 동안
낙하산 펼쳐지지 않아요

추락하나요
발이 닿을까요
머리가 닿을까요

알 수 없지요

빌딩 사이 파르테논 신전 불가침 영역이다
사람들, 소리 떠난 자리 피라미드 같다

배후령

하늘과 맞닿을 듯한 산

상수리나무들이 바람의 울음 알았는지 키가 낮아져 있다
까마귀들은 떠나는 영혼이 보이는지 弔歌를 부른다
내 마음에 성소를 만들지 못해 오른 산
나무들은 바람의 방향으로 휘어져 있다

하늘의 말씀을 받지만 나의 기도에는 응답이 없다
팔랑팔랑 제자리를 맴도는 내 안의 욕망들
배후령 넘어간 바람의 길이 한순간이었음을
구름집 넘어

배후, 칠흑일까 피안일까

하늘과 맞닿을 것 같아 오른 산
숨은 턱에 차지만 여전히 하늘은 멀다

오이도

잠복해 있던 슬픔이 울컥울컥 숨길 수 없는 사랑 삐져나
오는 날, 글썽거리는 바다를 찾아왔다

하늘과 바다 동색이다
꺾었던 무릎을 일으켜 세울 때,
안간힘으로 잡았던 간구의 음성을 듣지만
가슴바닥에서 꺼내 놓으려 하지 않는 죄의 목록들
나의 고해소는 마른 우물이다

누구의 발을 씻긴 적 없고
제물이 되려 한 적 더더욱 없어
부활의 계절에 푸른 피를 수혈할 수가 없다

해풍에 고개 숙인 마른 들풀
하늘을 보지 못하는 내 혼을 닮았다
떠나는 이들이 빈손이듯이
뱀딸기 같은 붉은 노을, 허물을 벗고
처소 유유히 들어가고 있다

허공에 바쳐진 꽃들

어둠을 떠도는 꽃들의 세상이다
목이 꺾인 말들이 떠돌아다니고
사람들 얼굴이 기억되지 않는다
진리, 말하던 이들마저도

이해되지 않는 그림들, 떠밀려 흘러가고 있다
허공에 떠도는 색색의 모자,
형체 알 수 없는 맨머리들 구름을 이고 있다

올려다본다, 볼 수 없는 것들 난해하다

뒤집힌 말이 만든 형상들
어둠 저편에 가려 五里霧中
간신히 잡은 사닥다리 허공에서 흔들릴 뿐
하늘이 눈에 들어오지 않는다

휘황에 가려 눈먼 자들에게 바쳐진
살 냄새, 흩어진 붉은 꽃잎들만
보이지 않는 별, 구천을 떠돌고 있다

그 여자의 집

어머니 젖가슴 봉분들이
하얀 눈을 맞고 봉긋봉긋합니다

뉴게릭 병으로 떠난 여자의 집을 찾아왔습니다
혀가 굳어버린 그 여자 눈 속에 담고 간 말, 말들이
빈 나무같이 가슴 한편에서 말라 흔들댑니다

허공에 매단 사다리 바람에 곤두박질하듯 떠나버린,
그 여자의 집
흰 눈이 고치집을 지었습니다

하늘과 땅이 경계 없는 날
몽환처럼 환생한 하얀 나비들이

그의 세상과 나의 세상은 하나라고 날아다닙니다

붉고 노란 조화 한 다발
향기 없는 내 이력처럼 꽂혀 있습니다

경계장애

마적산이 둥글어지고 낮은 집들도 둥글어졌어요
인기척이 없는 눈 덮인 세상
입을 다물고 땅속에 들어가 누웠어요
둥근 집 한 채를 만들었어요

내가 살았던 세상의 소리 들립니다
씻고 닦고 바르던 내가 없어요
썩는 냄새 나는 내가 보여요
짐승들이 피해 돌아가요

허물을 벗은 백사 실핏줄에 도는 온기
허물 많은 나는 허물 벗을 수가…

누가 다녀갔는지 모를 발자국
사막의 바람처럼 지우는 세계
바람나라 이정표, 길이 없어요

둥글어지다가 만삭, 찢겨지고 갈라지나 봐요

붉어진 땅이 요동칩니다

태양 내통, 검은 대륙들이 제물로 바다에 잠기고

뜨거워진 바다가 대지를 흔들고

화석림 되었다고 텔레비전 전하고 있습니다

킬링필드 유골 앞에서

앙코르와트 사원에 최후의 심판이 부조로 새겨 있다
손이 열 개 달린 심판의 신
눈으로 지은 죄는 눈을 빼고
입으로 지은 죄는 혀를 뽑는다

나의 눈과 입… 죄의 목록들
내 몸 곳곳이 움찔움찔
해골의 동네 어슬렁거리고 있다

아기들을 공놀이하듯 던지며 칼로 죽였다고 한다
손이 고운 사람
안경 낀 사람

앙상한 맨발의 아이들 마른 먼지 날린다

유골들은 유리 진열장 속에 들어 있다
그의 아이들은 원딸라 원딸라 손을 내민다

폴포트,* 보석광산에 숨어 지내며 보석을 팔아 살다가 천
수를 다하고 죽었다고 한다

심판의 신이 이사 가셨나 봅니다

*폴포트(1925~1998): 캄보디아인, 200만 명 학살 킬링필드 주역.

어두운 글씨로 쓰여진

생피 진액 흘리던 개옻나무,
미친 가을색 뚝뚝 떨구고 있다
눈이 부시게 옻칠한 관 속 세마포 치장한 망자
눈부신 개옻 한 아름 드리고 싶다

골목골목 다니며 사람 사는 모습 엿보고 다닌다
창백한 청년 손에는 담배 한 개비 타고 있다
생, 연기로 새어나가고 있다
툭 치면 쓰러질 죽음, 얼굴 마주쳐 지나간다

하늘 잃은 자들이 가는 곳
검은 글씨로 쓰여진 문을 열려 하고 있다
죽을 희망이 없는 곳
뒤돌아 나올 수 없는 길을 가고 있다

배신한 이들이 몸을 갈라 머리, 등에 달고 쫓겨가고 있는*

나를 지나서

나를 통해서 편도를 떠난
암흑의 공간 아비규환 속 들리는 소리소리들

"너 때문이었어"

배가 불러도 먹고 채색옷을 입고 또 입고, 머리깃털단
누군가가 나만 바라보는 꿈에서 빠져나오지 못하는,
내가

어두운 문밖 서성거리고 있다

* 단테, 「지옥편」, 『신곡』.

포스트모던 사회에서 시인으로 살아남기

박찬일 (시인 · 추계예술대 교수)

포스트모던 사회에서 시인으로 살아남기
—박광숙의 첫 시집 『돌아가고 싶지 않아』에 부쳐

박찬일

1. 하늘의 별자리와 땅의 별자리

[많은 별자리들이 말하는 것이, 많은 별자리들이 말하는 것이므로, 진리에 가깝다] 별이 극단이고, 별자리가 극단 중의 극단이다. 많은 별자리가 극단 중의 극단 중의 극단이다. 극단 중의 극단 중의 극단이 말하는 것이 진리에 가깝다. 진리에 '대답질'이 곤란하다. 진리이기 때문이다. 별이 몰락할 때 이것은 몰락을 진리로 말하는 것이다. 별자리가 몰락할 때 이것은 몰락을 진리 중의 진리로 말하는 것이다. 다수의 별, '많음으로서 별'이 몰락할 때 이것은 몰락을 진리 중의 진리 중의 진리로 말하는 것이다. ['많음Vielheit으로서 별'이 몰락을 정당화시킨다]

별이 극단으로서, 별의 몰락이 몰락을 정당화시킨다. 별자리가 극단 중의 극단으로서, 별자리의 몰락이 몰락을 정당화시킨다. '많음으로서 별들'이 극단 중의 극단 중의 극단으로서, '많음으로서 별들'의 몰락이 몰락을 정당화시킨다. 사실 구구하게 나열할 필요가 없다. '별 하나가 극단으로서 별 하나의 몰락이 몰락을 정당화시킨다', 이렇게 말하면 된다. 별이 몰락하는데 우리네 인생쯤이야, 이렇게 정당화시키기를 기대하면 된다. 그게 아닌 것이 별 하나가 몰락하면 별자리가 몰락하기 때문이 아닌가? 백조자리의 별 하나가 몰락하면 그게 이제 백조자리가 아니지 않는가? 백조자리가 붕괴한 것이 아닌가? 여기서 끝나지 않는다. 백조자리가 붕괴했다고? 그러면 하늘 한 칸이 붕괴한 것이 아닌가? 하늘 한 칸이 붕괴하면 하늘에 금이 간 것이 아니고? 하늘 전반에 금이 가지 않았을까?

食口도 마찬가지 아닐까? 식구 중 하나가 붕괴하면 식구가 그 식구가 아니지 않을까? 食口에 금이 간 것이 아닌가? 식구를 땅에 묻으면 땅에 금을 가게 하는 것, 하늘에 금이 갔듯이 땅에도 금이 간 것이 아닌가? 식구 중 하나가 붕괴(?) 했는데 식구를 가슴에 묻는 경우는? 부모가 붕괴하면 땅에 묻고 자식이 붕괴하면 가슴에 묻는다는 말이 있기도 하다. 식구를 가슴에 묻는 경우, 땅에 묻었을 때 땅에 금이 갔듯이, 가슴에 금이 갈 거다.

2. 멜랑콜리 - 멜랑콜리커

애도가 깊으면 애도에 실패한다. 리비도애도집중실패라는 말이 거기서 나왔다. 리비도에너지를 애도에 쏟았는데 아무리 애도해도 안 되는 것, 이때 죽은 자의 유골함이 애도하는 자의 가슴팍에 들어온다. 죽은 자가 산 자를 덮어쓰는 형국이다. 덮어쓸까요? 묻지도 않는다. 애도가 깊으면 죽은 자의 유골함이 산 자의 가슴속으로 들어온다. 죽은 자가 산 자를 덮어쓴다. 산 자가 죽은 자가 된다. 프로이트가 자아빈곤감Ich-Armut이라고 표현했고, 벤야민이 자아상실감Depersonalität이라고 표현했는데, 사실 두 말은 같은 곳을 가리킨다. 멜랑콜리의 일반적인 메커니즘을 얘기할 때 그것은 자아빈곤–자아상실에 관해서이다. 사실 자아상실이 말하는 것은 자아가 없는 것이므로 죽음과 같은 상황에 관해서이다. 멜랑콜리커들은 사실 살아있지만 죽은 자를 가리킨다. '살아있다고 다 살아있는 게 아니다'라고 말할 때 이것은 많은 경우 멜랑콜리에 붙잡힌 자, '멜랑콜리커'에 관해서이다.

시간이 묵힌 곳 발효 진행 중, 쟁여 놓은 시간들이 겹겹이 그을렸던 흔적을 되짚어간다 […] 다락방, 잡동사니 사연들이 보자기 펼쳐 보지도 못한, 붉은치마 파랑저고리 촘촘한 체크원피스 흰고무신 첫발걸음, 설렘이 담겼던 어제들이 어디어디로 […]

갇힌 바람소리 신음이 섞여 있다
추락하는 빛들이 모여 고여 있기도 하다
엇갈린 운명들이 고음 노래 부르다
그림자 경배**해야** 내려놓을 수 있는

그곳, 지금 자리

[…]

—「어디쯤」① [강조는 필재

정오, 그림자도 없다

노란 불이 켜졌어요 눈앞이 샛노래지네요
빙글빙글 도는 지구본 누가 돌리냐구요
세상이 돌고 있나요

초점을 맞추세요 시곗바늘이 겹쳐져요
어디선가 종이 울리나요
새들 때문에 하늘 문이 열릴까요

왔던 길을 되돌아갈 수 없다고 누누이 들었는데요

눈이 부신 정오, 위를 볼 수 없어요

—「정오」 부분②

구절초 피는 계절 청색 얼굴 마지막 인사하지 못한 너를 떠
나보냈지 분홍색 양산 대신 품고 돌배술 반잔 세상이 흔들
흔들 반잔 넘칠 염려 없어서, 아침이 더디 오는 날
밤을 끌고 가는

옥죄는 옷들을 벗어 버리고 무성영화 같았던 시절 낡은 가
방에 울음이 담긴 푸른 손수건

빈 수저를 빨고, 빈 수레 끌고, 빈 수레에 끌려가는

어둠을 좋아해 검은 밤 뱉은 말들,

―「접근 방법」 부분 ③

어느 지점에서부터 손가락이 써 나갑니다

꽃잎들이 벙글어져요

향이 알싸하게 땅 밑으로 깔려요

원투 쓰리투 쓰리투 쓰리쓰리 원투

흔들리다 보니 앞이 보이지 않는 샛노란 세상이네요

혈관에 모르핀이 들어가요

몰아치던 바람이 안테나 멈추네요

손가락 수신호를 해요

꽃비가 들이치니 사방은 발작입니다

―「샛노란 알약이 혈관을 타고 들어가네요」 부분 ④

[강조는 필재

**첫아들을 백일날 성바오로병원 냉동실에 두고 바람소리 양
철지붕 찢는 청량리역 춘천행 새벽열차를 타고 떠나왔습니
다 그 아들의 무덤을 알지 못합니다**

詩 (!!??) 불규칙 요동소리, 오리무중 속으로 들어왔습니다

벗은 몸 바람에 말라가도 붉은 꽃은 저도 깔깔거리는 내 아
이의 아이에게 잊혀진대도
흐물흐물 게워내는 오물들 알 수 없는 그림 얼룩을 입히며
이슬을 맞겠지요

말들이 뱀의 대가리처럼 춤을 추는 것을 보았습니다
　　　　　　　　　　　　　　　　　　—「時」⑤ [강조는 필자]

① "다락방, 잡동사니 사연들이 보자기 펼쳐 보지도 못한,
붉은치마 파랑저고리 촘촘한 체크원피스 흰고무신 첫발
걸음, 설렘이 담겼던 어제들"이 표상하는 것이 정확히 "흔
적"이다. 지금은 없는 '그'의 흔적을 발언한다. 詩 후반부
에서 최상급의 언어 "경배"를 사용한 것으로 보아, "그림자
경배**해야** 내려놓을 수 있는// 그곳, 지금자리"라고 한 것
으로 보아, 경배는 사실 애도였던 것으로 보인다. 화자는
최상급의 리비도애도집중을 했던(아니, '하고 있는') 것으
로 보인다. 문제는 "그림자 경배"라고 한 것이다. 본체-실
체가 아닌 '그림자'를 경배하는 것을 말한 것이다. 그림자
가 본체를 덮어쓰는 경우가 없지 않다. 南中에서 그림자
가 본체를 덮어쓰지 않지 않나? 그림자가 점점 짧아지다
가 본체를 점령해버리지 않는가? 그림자에 의해서 점령된

125

것은 화자이다. '그림자 경배해야 내려놓을 수 있는// 그곳, 지금자리'라고 한 것은 화자이다. 경배 수준의 애도에 사로잡혀, 애도를 계속 이어가는 화자를 드러내었다. 문제는 '그림자 경배'와 '내려놓을 수 있다'의 모순어법이다. 그림자를 본체[화자]를 덮어쓴 그림자라고 할 때, 그리고 '경배'라는 비상한 용례가 화자로 하여금 그 그림자에 계속 경배 **해야** 하는 점을 말할 때, '내려놓는 것'은 흔한 애도집중으로부터 해방을 의미하지 않는다. 바로 위의 구절들 "갇힌 바람소리 신음이 섞여 있다/ 추락하는 빛들이 모여 고여 있기도 하다/ 엇갈린 운명들이 고음노래 부르다" 등을 참고할 때, 특히 "갇힌 바람소리 신음이 섞여 있다"를 고려할 때 내려놓는 것은 '신음' 정도이다. 애도는 끝나지 않는다. 아니, 화자에겐 애도를 끝낼 마음이 없다. 詩 제목 '어디쯤'은 詩 전반부의 "어디어디로"를 고려할 때, '어디쯤[언제쯤] 가야 애도를 끝낼 수 있을까'를 말하지 않고, '지금 '그'가 어디쯤 가고 있을까' 묻는 태도이다, 아니 궁금해 하는 태도이다. 죽은 자의 안부를 묻는 태도! 네크로필리아necrophilia 가 아니라고 할 수 없다. '죽어서도 하는 사랑'과 방불로 방불한다.

② 「정오」에서 '그림자' 역시 본체를 덮어쓰는 것으로 사용되었다. 두 가지의 그림자를 말할 수 있다. 우선, 애도의 대상으로서 그림자를 말할 수 있다. 아니 그림자조차 사라진 애도의 대상을 말할 수 있다. [그림자는 그림자조차

126

사라진 애도의 대상을 말한다["그림자가 없다"가 말하는 바이다. 또 하나, 그림자는 경배의 대상으로서, 그러니까 애도의 대상으로서 그림자가 아니라. 죽은 자가 산 자[화자]를 덮어써 화자를 그림자로 만든 것에 관해서이다. **"그림자가 없다"가 말하는 것이 그동안 그림자 없는 인생을 살아왔다고 한 것으로 본 것이다. 그림자 없는 인생이 인생인가? 인생이 아닌가? 인생이 아니라고 한 것이다. 살아있어도 살아있는 인생이 아니었다고 한 것이다.** 화자는 평생을 애도하는데 소비하였다. 리비도애도집중에 인생을 바쳤다. 지독한 애도가이다. 지독한 哀悼歌가 '지독한 사랑'을 말하지 않을 수 없게 한다.

③ 체험과 경험을 구분한 것은 벤야민이었다. 벤야민에 이어 재독 한국계 철학자 한병철 역시 같은 맥락에서 체험과 경험을 구분한 바 있다. 체험은 일시적 기억에 기여하고, 경험은 영구적 기억에 기여한다. 군중성에서 거리가 먼 마을생활에서 경험을 말할 수 있고, 군중성을 특징으로 하는 대도시생활에서 체험을 말할 수 있다. 대도시생활감정의 특징으로 둔감-냉담-혐오들을 말한 것은 「대도시와 정신생활」에서의 짐멜Georg Zimmel 이었다. 체험Erleben과 경험Erfahren을 나누는 기준은 무엇보다 의지적 기억과 무의지적 기억이다. 무의지적 기억은 저절로 떠오르는 기억에 관해서이고, 의지적 기억은 말 그대로 의지에 의한 기억에 관해서이다. 억압Verdrängung과 부

정Verneinung에 의해 전이–망각시키지 못한 '정신적 외상'이 전형적 무의지적 기억의 양상을 띤다. 「접근 방법」은 전형적 무의지적 기억에 의해 정신적 외상을 폭로하고 있다. "구절초 피는 계절 청색 얼굴 마지막 인사하지 못한 너를 떠나보냈지"라고 하면서 돌아올 수 없는 길을 간(후반부에서 "어둠을 좋아해 검은 밤 뱉은 말들"이 그것을 말하고, 전반부에서 "밤을 끌고 가는"이 그것을 말한다) '그'를 저절로 떠올리고 있다. "빈 수저를 빨고, 빈 수레 끌고, 빈 수레에 끌려가는" 그를 저절로 떠올리고 있다. '빈'이라는 형용사와 빈이라는 형용사와 결합한 '수저'와 '수레'가 말하는 것이 역시 흔적이다. 흔적으로 남은 생명이다. 빈 수저와 빈 수레가 강력한 멜랑콜리의 빛을 뿜는다. 자아상실이 그 표상인 멜랑콜리 말이다. 다음 「위험신호」가 역시 무의지적 기억을 적나라하게 보여주었다.

바람에 채인 말들이 몸을 파고든다
쭈빗대던 머리, 산발한 기억들이 구설처럼 달아났다가 회
오리친다
말들이, 숭숭 뚫린 가슴 알을 슬고 있네
부화하지 못하는것들은 발설하지도 못하고 용도 폐기되네
기억 속에 도드라진 헛바닥은 아득한 곳에서
아우성치며 새벽을 달리곤 했지
나를 통과한 외마디 비명이 끊어졌다가

가느다랗게 들리곤 한다

　　　　　　　　　　　　　　　　—「위험신호」 부분

'바람에 채인 말들이 몸을 파고든다", "산발한 기억들이
구설처럼 달아났다가 회오리친다", "말들이, 숭숭 뚫린 가
슴 알을 슬고 있네", "나를 통과한 외마디 비명이 끊어졌
다가 가느다랗게 들리곤 한다" 등 시편 구절 구절들이 모
두 그 表象이 절망인 무의지적 기억을 드러냈다.

④ 무의지적 기억의 절정에 도달한 시가 「샛노란 알약이
혈관을 타고 들어가네요」이다. 시편 「샛노란 알약이 혈관
을 타고 들어가네요」는 무의지적 기억의 절정을 보여주
면서 동시에 자아상실로서 '멜랑콜리커의 탄생'을 실감나
게 보여준다; 첫 행 "어느 지점에서부터 손가락이 써 나갑
니다"가 무의지적 기억을 요약해서 보여주었다. 이후는
모르핀에 중독되어가는, 즉 자아상실에 다가가는 화자에
관해서이다. "혈관에 모르핀이 들어가요 [⋯] 꽃비가 들이
치니 사방은 발작입니다"에서 '모르핀'과 '꽃비' [양귀비]
가 상호대체의 관계에 있다. '발작'은 자아상실의 정점에
관해서이다.

⑤ 무의지적 기억의 실체를, 곧 무의지적 기억에 의한 삶의
잔혹성(혹은 비극적 세계인식)을 적나라하게 보여준 것이
서시 「時」이다. 서시 제목을 「時」로 잡은 것은 매우 의도적
이다. 시집 『돌아가고 싶지 않아』를 펴내는 時點의 의미 중

시의적절한 양상 하나를 말할 수 있을 때 그것을 詩「時」라고 표현한 것으로 보는 것이다. 첫아들, "첫아들"의 "백일"을 '시간'으로 규정한 것에 주목해야 한다. [첫아들이 백일을 채우고 소천했다]

시공간을 말할 때 그것은 바로 우주에 관해서이다. 칸트가 선험적 제한 조건을 말했을 때 그것이 시간과 공간, 그리고 시간과 공간에서 일어나는 인과율에 관해서였다. 자축인묘진사오미신유술해가 時 자체를 발언한다. 첫아들의 죽음이 화자에게는 평생 자축인묘진사오미신유술해가 時 전체를 포괄할 정도로 큰 사건이었다. 그래서 시집의 첫 페이지에 다음과 같이 기록했을 것이다. 물론 무의지적 기억에 의한 것이라고 보아야 한다.

첫아들을 백일날 성바오르병원 냉동실에 두고 바람소리 양철지붕 찢는 청량리역 춘천행 새벽열차를 타고 떠나왔습니다 그 아들의 무덤을 알지 못합니다

詩 (!!??) 불규칙 요동소리, 오리무중 속으로 들어왔습니다

시집 『돌아가고 싶지 않아』는 첫아들을 잃은 비애가 원동력이 되어 써졌다. [이게 전부는 아니다] 서시 「時」를 감안할 때, 『돌아가고 싶지 않아』를 '백일'에 죽은 첫아들에 헌정한 시집으로 좁혀 말할 수 있다. 계속 강조하면, 시집

『돌아가고 싶지 않아』를 견인한 것이 첫아들을 잃은 슬픔이었다. 인용 둘째 연의 "詩 (!!??) 불규칙 요동소리, 오리무중 속으로 들어왔습니다" 역시 무의지적 기억의 절정이 첫아들을 잃은 슬픔인 것을 만천하에 알린 것으로 보아야 한다, 무엇보다도 자기 인생에 알린 것으로 보아야 한다. "말들이 뱀의 대가리처럼 춤을 추는 것을 보았습니다"라고 한 것은 분노의 환영인가? 분노의 환영이라고 볼 수밖에 없다. 분노도 자아상실에 이르는 병이다.

올라가면 내려가게 되어있다. 화자는 다른 길도 걸었으리라. 다른 길로 걸어간 화자를 짐작하게 하는 시편들이 보인다. 물론 크게 보면 인생무상함에 관한 것으로서 분위기 자체가 쇄신된 것은 아닐지라도 말이다. 인상적인 것이 아버지 시편들과 어머니 시편들이었다. 그리고 삶으로의 본격적 귀환을 알린 몇몇 시편들이었다. 가장 인상 깊었던 것은 대도시 시편들이었다. 박광숙을 대도시 시편들을 최초로 개척한 시인으로 기억해야 할지 모른다. 한국에서 말이다.

3. '예술가 아버지', 그리고 어머니

멜랑콜리는 아버지에 對해서도 성립한다. 아버지의 상실이고, 최종적으로 화자의 '상실'이다. 화자의 자아상실이다. 아버지에 대한 기억도 물론 무의지적 기억에 의한 것. 무의지적 기억에 의한 화자의 자아상실을 말할 수 있다.

적막강산이 나의 절정기

상상은 무한하고 가파른 경사의 끝까지 가보는 길

검은 새, 눈으로 아득히 날려 보는 일 […]

**텃밭 가득 붉은 모란 심으셨던 식민지 백성 아버지 원고지
가득 든 나무박스와 함께 귀국하셨다 목이 긴 아버지, 남겨
진 건 쓸쓸함이라는 유전자**

그 길 끝에 몸 담그고 해도 뜨지 않는 새벽, 말의 주문을 걸
고 하얀 창을 들여다보고 있다

하얀 명주이불 운무에 꽃들을 감싸고

안개도시 긴 시간 영혼이 머무는 자리

　　　　　　　—「향기 가득한 곳이 나비무덤」 [강조는 필자]

인용 시작 부분 "적막강산이 나의 절정기"부터가 예사롭
지 않다. 적막강산은 비움에 관해서이다. 혹은 상실에 관
해서이다. 상실을 예고하고 있다; "아버지"가 흔적으로 존
재하신다. "귀국"이 말하는 것이 아버지 평생이 흔적으로
존재한 것에 관해서이다; "붉은 모란 심으셨던 식민지 백
성"으로 존재하셨다. 무엇보다 주목해야 할 것은 아버지
의 딸 화자가 "원고지 가득 든 나무박스"로 존재하신 아버
지를 알린 점이다. **[화자처럼 아버지가 작가 - 시인이었던
점을 상기시킨 점에 우리는 주목해야 하리. 아니, 아버지처**

럼 화자가 작가-시인이었던 점을 상기시킨 점에 우리는 주목해야 하리] 화자가 "목이 긴" 예술가 아버지의 유전자를 받았다고 고백했다. "남겨진 건 쓸쓸함이라는 유전자"가 말하는 바이다. 작가시인의 유전자라는 것이 도대체 쓸쓸함이 압도하는 유전자가 아니던가. 화자는 "운무" 도시-"안개" 도시를 떠돌며 "긴 시간 [아버지의] 영혼이 머무는 자리"를 쓸쓸하게 회억한다. 아버지가 결국 최종적으로 '남겨' 주신 것은 '쓸쓸함이 채운 멜랑콜리'인 셈이다. 아버지를 회억하는 또 하나의 압권이 「클로즈업」의 다음과 같은 부분이다. 물론 멜랑콜리에 관해서이다. 멜랑콜리에 잠긴 멜랑콜리커의 독백이다.

눈부신 양귀비 모가지 뚝뚝 꺾는다
붉은색 철철 흘리기 때문,

두통, 가시 면류관 아버지가 물려 주셨다
핏발이 섬뜩했던 아버지 눈
언어를 쫓아다니다 만난 정체모를 家系
뻣뻣한 머리칼 솟아나는 고개를 숙이지 못하는

언어 집에는 지붕이 없다

—「클로즈업」 부분

"아버지가 물려 주"신 것 중 하나가 "두통"이라는 이름의 "가시 면류관"이라는 것을 분명히 천명했다. "핏발이 섬뜩했던 아버지 눈"은 예술가로서 아버지를 드러내기 위한 것. 가시면류관은 예수의 가시면류관? 그리고 '예술가의 가시면류관' 아니었던가? 예술가는 두통의 가시면류관 쓰고 붉은 피 철철 흘리는 자 아니었던가? "눈부신 양귀비 모가지"가 표상하는 것은 예술 그 자체이다. "붉은색 철철 흘리기 때문"이 표상하는 것은 예술 그 자체를 나포할 때 ("뚝뚝 꺾는다") 드는 비용에 관해서이다. 예술가 집안을 분명히 짐작하게 하는 부분이 이어지는 "언어를 쫓아다니다 만난 정체모를 家系"이다. 예술가 가계를 분명히 강조했다. 또 하나 주목되는 것은 화자의 예술관에 관해서이다. 인용 마지막 줄 "언어 집에는 지붕이 없다"가 화자의 예술관을 드러낸 것으로 보인다. **예술가 유전자는 아버지에게 왔더라도, '예술[가]에는 지붕이 없다'는 분명 시인 박광숙의 예술관에 관해서이다. '예술은 자유를 기반으로 한다', '예술은 탈경계를 먹고 산다' '예술은 구심력이 아니라 지붕을 뚫고 나가는 원심력을 특징으로 한다', 화자 박광숙의 예술관이 아닐 리 없다.**

선친에 대한 사랑을 각별하게 표현한 곳이 있다. 혹은 아버지 예술가를 넘어서지 못하는 자괴감을 특별하게 묘파한 곳이다.

문고리 흔들었어야 했지요

녹이 슨 문, 숟가락 가로지른 청록색 무늬 꽃을 피웠습니다

울타리를 대나무로 하지 말아야 한다는 이야기, 아버지가

몰랐을까요

뿌리들이 맞물려 마당을 채우고 기억들을 지울 줄

들어 갈 문이 없습니다

언덕 위 집, 등 떠밀던 바람이 부드럽게 불고 있습니다

배불뚝 항아리 밑에도 엉킨 뿌리들로 덮어씌웠습니다

들어갈 문이 없습니다

—「들어갈 문이 없습니다」 부분

열쇠어는 우선 "문고리 흔들었어야 했지요"와 "들어갈 문
이 없습니다"이다. 아버지에 대한 기억상실도 '상실'이다.
물론 멜랑콜리의 기원으로서 자아상실이다. "대나무 […]
뿌리들이 맞물려 마당을 채우고 기억들을 지울 줄"이 말
하는 것이 아버지에 관한 것이고, 무엇보다 아버지에 대
한 기억에 관해서이다. 아버지에 대한 기억상실이 물론
자아, 화자의 자아상실로 이어지게 된다. "배불뚝 항아리
밑에도 엉킨 뿌리들로 덮어씌웠습니다/ 들어갈 문이 없습
니다"도 마찬가지로 아버지에 대한 기억 차단을 슬퍼하는
것에 관해서이다. 물론 「들어갈 문이 없습니다」의 '들어갈
문이 없습니다'를 아버지 예술가를 기억해, 아버지 예술
가를 능가하고 싶은 화자의 한탄조 알레고리로 읽을 수

있다.

멜랑콜리가 어머니를 또한 비켜갈 수 없다. 어머니 상실이 자아상실로 이어진다. 시 「난장 같은 말들이」는 사실 멜랑콜리커에 의한 '멜랑콜리 정신'의 전형성을 보여준다. 멜랑콜리커가 멜랑콜리의 기운을 화려하게 내뿜는 장관을 구경(?)하게 된다.

> 낡은 처마끝 씻겨나간 기왓장 모래알들 어디로 갔을까요
> 하나 둘 꺼내 보세요 녹슨 구리동전 오래전 잊혀진 전화번
> 호 문드러진 분홍립스틱
> 머리빗, 틈에 낀 부스스 떨어지는 엄마 녹두알 같은 눈물
>
> —「난장 같은 말들이」 부분

인용문 첫 행을 "낡은 처마끝 씻겨나간 기왓장 모래알들 어디로 갔을까요"가 차지하는 것이 예사롭지 않다. 상실의 흔적을 적나라하게 예고한다. **"녹슨 구리동전", "오래전 잊은 전화번호", "문드러진 [어머니의] 분홍립스틱", 그리고 [어머니의] "머리빗" 등이 상실과 흔적을 모토로 하는 멜랑콜리의 분명한 목록들이다. 선명하게 묘사된 잃어버린/ 잊어버린 것들에 대한 묘사가 읽는 자에게 깊은 감동을 준다.** '잃어버린/잊어버린 것을 따라서 잃어버린/잊어버린 자아'를 깊이 회상하게 하고 있다. 상실이 최종적으로 귀결되는 곳은 물론 "엄마 녹두알 같은 눈물"이다. 全文은

"머리빗, 틈에 낀 부스스 떨어지는 엄마 녹두알 같은 눈물"이다. '엄마 녹두알 같은 눈물' 만큼 큰 상실[감]이 과연 있을 텐가? '엄마 녹두알 같은 눈물' 만큼 큰 감정이입이 과연 있을 텐가? 예술가 박광숙이 지연모방을 통해 독자의 멜랑콜리 눈물선을 작정하고 건드리고 있다.

4. 다시 자아상실에 관하여

자아상실의 대가는 참혹하다. 자아상실은 인생 전반에 대하여 도대체 '무슨 소용인가' ("무슨 소용인가"는 시편 「흰 옷 입은 이 떠나갔네」에서 따로따로 두 번 반복되면서 시집 『돌아가고 싶지 않아』의 큰 분위기를 그려내는 데 일조한다) 묻게 한다. 삶에서 의미를 빼앗아버린다. '겨울이 와도 봄을 기다리지 않는다.' 이 점에서 주목을 끄는 시편이 「꽃 詩 심은,」과 「플라타너스 잎들이 흔들렸지」이다.

　　보라 행복 더디 오는지요

　　절정의 꽃 모란의 봄은 지나갔습니다
　　내 발걸음 내 기다림 벅찼던 내 노래들을
　　어제의 꽃이 내일의 꽃이 되지 못합니다
　　하루를 채우지 못하는 양귀비 찬란함 되어서
　　뚝뚝 떨어트리는 저 꽃잎들의 파편

허공에다 목을 매는 마른 빈 주머니들

　　　　　　　　　　　　　　—「꽃 詩 심은,」 부분 ①

마른수수깡 깡마른 소리해대던, 창가에서는 플라타너스
너른 잎들이 흔들렸지

오만가지, 깨어나는 뜨거운 유월 제각각 사연들의 색을…
오만가지 형상으로 알 수 없는 곳으로 떠나가나요

검은 땅 끝자락 밟고 어둠 내지르는 검은 향 갈피를 들추고
있네요
　　—「플라타너스 잎들이 흔들렸지」 부분 ② [강조는 필재]

① 과거와 미래의 변증을 적나라하게 보여준다. 현재와
미래의 변증을 적나라하게 보여준다. 물론 미래를 보증하
지 못하는 현재이고, 또한 미래를 보증하지 못하는 과거
이다. 결론은 '더디 오는 행복'("보라 행복 더디 오는지
요")이다. 시편의 제목 「꽃 詩 심은,」은 더디 오는 행복에
관해 노래한다. 제목을 '더디 오는 행복'이라고 해도 이상
할 것 없다. 주제문은 물론 "내 발걸음 내 기다림 벅찼던
내 노래들을/ 어제의 꽃이 내일의 꽃이 되지 못합니다"이
다. 후반부가 미래를 보증하지 못하는 과거에 관해서이
고, 전반부가 미래를 보증하지 못하는 현재에 관한 것으

로 보인다. 절창은 마지막 연 "허공에다 목을 매는 마른 빈 주머니들"이다. '마른 빈 주머니'와 '허공'이 대체의 관계에 있다. 마른 빈 주머니와 허공이 표상하는 것이 자아 상실이다. 자아 상실이 어찌 미래를 보증하겠는가? "절정의 꽃 모란의 봄"이 있었더라도 절정의 꽃과 모란의 봄이 자아상실자에게 미래를 보증해주지 않는다. 일반적 멜랑콜리의 행로가 자아상실자로서, 말 그대로 허공에다 목을 매는 자이다. 시인 박광숙은 「꽃 詩 심은,」에서 일반적 멜랑콜리커의 결말을 의식했고, 따라서 일반적 멜랑콜리커의 행로를 아주 리얼하게 포착-묘사할 수 있었다.

② 암담한 미래를 토해놓았다. "뜨거운 유월"이 토해 놓을 것은 실제 아름다운 미래와 거리가 멀지 않은가. "플라타너스 너른 잎들"이 "썩을" 잎을 이미 예약해 놓고 있지 않은가? "알 수 없는 곳으로 떠나가"지 않는가? 알 수 없는 곳은 물론 다시 돌아올 수 없는 세계에 관해서이다. 마지막 연의 "검은 땅 끝자락"과 "검은 향 갈피"는 분명 묵시론적 종말의 세계에 관해서이다. "어둠 내지르는 검은 향 갈피"에서 '어둠 내지르는'을 강조할 때 이는 세상의 종말(혹은 나의 종말)에 임박해 내지르는 비명소리에 상응한다. 시인이 궁극적으로 묻는 것은 '무슨 소용인가'이다. 「플라타너스 잎들이 흔들렸지」와 「꽃 詩 심은,」이 '무슨 소용인가?' 묻는 시편들에 합류한다.

5. 삶으로의 귀환

황금빛 취한 날, 늙은 은행나무의 파안대소 보십시오

J 노을 붉은색일까요 노란색일까요
H 은행나무 살아 있는 동물 같아요
K 눈이 부신 단풍나무 사진을 보냈다
애첩 같다

　　　　　　　　　　　　　—「떠나가는 색」 부분 ①

푸른 장수막걸리 병들이 비워지자 키를 키우는 목소리들

조끼 속에 폭탄을 숨긴 어린 소녀 盲信, 몸들이 조각났다
는, 쇠파이프 물대포 의식을 잃었다는…

푸른 장수막걸리를 마십니다

우리가 살아내는 방식
앞으로도 살아가는 방식

　　　　　　　　　　　　　—「이런 자리 너무 좋아」 부분 ②

돌바닥 깔고 앉아 함성, 목이 쉬도록 질러대는 등짐을 지고
하루 쫓기고 쫓는 밥그릇 자리다툼하는 이들

밤새 촛불을 켜고 얼룩의 아침, 눈물이 말라붙은 얼굴로 찬
이슬 맞는 이들

— 「수요일, 광화문 애가」 부분 ③

"그 시절 돌아가고 싶지 않아"

— 「질겨진 여자」 부분 ④

④ '박광숙이 질겨졌다.' 과거에 연연하지 않을 박광숙 시
인에게 해당되는 말이다. 박광숙은 고민했다고 한다. 큰
따옴표 친 "그 시절 돌아가고 싶지 않아"에서 '돌아가고 싶
지 않아'를 시집 제목으로 '할 것인가? / 말 것인가?' **박광**
숙이 염두에 둔 또 하나의 시집 제목이 '무슨 소용인가'였
다. 라틴어 어원을 가지고도 있는 이른바 'Cui bono'의 우
리말 번역어였다. 최종적으로 '돌아가고 싶지 않아'로 결
정했다고 한다. '돌아가고 싶지 않아'는 두 가지 함의를 갖
는다. 하나는 처연한 과거에 방점을 찍는 것에 관해서이
고, 하나는 '미래적 삶'에 방점을 찍는 것에 관해서이다.
미래적 삶에 방점을 찍는 것이라고 해도 처연한 과거에서
완전히 벗어나지는 못할 것이다. 평생 이고 가야 할 것이
있는 법이다.
③ 「수요일, 광화문 애가」와 ② 「이런 자리 너무 좋아」는
말 그대로 정치적-사회적 인생에 관해서이다. 자신만의
삶에서 벗어나, 외부에 시선을 돌려 외부의 어떤 것에 공

감하거나 공감하지 않는 것이다. 인간은 정치적·사회적 동물이다. '자기'에 충실한 삶보다 '사회'에 충실한 삶을 사는 것이 행복Euphorie 에 더 가까이 가 있는 건지 모른다. 비오스가 아닌 조에[벌거벗은 인생]의 삶에 관심을 가질 때 인생이 더 풍성해질지 모른다. 박광숙에게 「수요일, 광화문 애가」는 이 점에서 개인사적으로 큰 의미를 갖는다.

② 「이런 자리 너무 좋아」에서 주목되는 것은 "우리가 살아내는 방식/ 앞으로도 살아가는 방식"이라고 운율을 맞춘 부분에 관해서이다. 「수요일, 광화문 애가」의 연장선상에 있지만 스케일이 더 크다. 특히 "조끼 속에 폭탄을 숨긴 어린 소녀 盲信, 몸들이 조각났다는" 부분에 주목할 때 그렇다. ③이 사회면을 장식하는 것이라면 ②는 국제면을 장식한다. 물론 同苦에 스케일의 대소를 말할 수 없다. 그렇더라도 인류애적-사회동포주의적 관심을 달고 사는 인생이 많다고 할 수 없다. 먹고살기에 바쁜 성과사회의 성과주체, 업적사회의 업적 주체가 바로 우리들 아닌가?

① 「떠나가는 색」은 '관계의 회복'이다. 삶으로의 회복은 대화에서부터 시작한다. SNS 대화에도 참여해볼 일이다.

6. 대도시 시편들

박광숙의 첫 시집 『돌아가고 싶지 않아』에서 한편 주목되는 것이 '강남역'으로 표상되는 포스트모던 대도시 시편들이다. 대도시 시편들이 시인으로서 박광숙의 입지를 보다 공고히 한 것으로 보인다. 대도시 시편들은 일단 문제적이다. 우리 시에 아직 대도시 시편들이라고 할 수 있는 것들이 도래-정착하지 않은 점을 감안할 때 [박광숙의] 매우 중요한 시도가 아닐 수 없다.

> 흰 모자 흰옷 입은 이가 지나갔다
> 군중 장엄한 행렬도 물결처럼 지나간다
> 검은 모자 푹 눌러쓴 이도 따라 지나갔다
> 쫄랑쫄랑 흰 개 왕관을 쓰고 지나간다
> 검은 개 가면 쓰고 쫄랑쫄랑 따라갔다
> 침묵 돌을 탑처럼 쌓은 형상, 긴 칼을 차고 있다
> 흰 꽃 바치던 이들도 지나갔다
> 검은 꽃 바친 이들도 따라 지나간다
> 천막 아래 붉은 노래 부르는 확성기, 줄지어 서 있다
> 낡아가는 노란 리본 가을에 흔들리고 있다
> ―「서울구경 2―광화문광장」 부분 ①

> 안경을 벗어놓고 비를 맞은 채 잠든 이도 있다
> 넥타이를 풀어헤치고 흔들어대는 이도 있다
> 날이 새기 전에 제발 집으로 데려다주세요
>
> 이방 언어 주고받으며 밤새 땅을 파고 있는 이들

일을 끝낸 여자들은 창백한 입술에 립스틱을 바르며 눈부
신 아침을 맞는다

올려다보아도 까마득한 교보빌딩 현관

 **'당신의 마음을 애틋이 사랑하듯 우리 사는 세상을 사랑합
니다'**
                                —「강남역—새벽풍경」 부분 ② [강조는 필자]

지하에서 촛불이 일렁대니 괴괴하다 놀란 개들이 컹컹대
고 사람들은 손을 놓고 있네

입이 보이지 않고
눈도 보이지 않고
귀도 들리지 않으니
형체들이 천천히 이동한다

눈앞을 분간할 수 없는 이들은

밥을
빨래도
물건을 사고팔 수도 없는데
숫자판 응답이 없네

어둠은 등 뒤는 돌아보지 않는다
뒷다리에 걸려 넘어지기도 한다

불 켜진 진열장 마네킹 머리 뒹굴고 팔다리 따로 돌아다닌
다
　　　　　　　　—「강남역—정전」 부분 ③ [강조는 필자]

얼굴에 맞는 배역은 찾을 수 없습니다

지방이식을 잘하는 얼굴성형외과 가슴굴곡 잘 만드는 미
스코리아성형외과 갈비뼈를 하나쯤 빼고 라인을 만드는
스타성형외과

젖을 먹이는 여자 더 이상 필요하지 않습니다
창조는 하나님만 하시는 게 아니잖아요

치료하는 의사, 일거리 필요하지 않아요 새로운 턱선과 삼
삼한 코 반짝반짝한 피부를 만들어야 해요 수억이 들면 최
상의 상품을 만들어 드립니다

명품 킬힐 신고 구두굽만한 치마 입고 시선은 자연스러워
야 세련되었다는 소리를 듣죠
희로애락은 예술가들에게 맡기세요

**디자인거리 광고판 3초에 한 번씩 변합니다 눈 깜짝할 사이
사람들도 변하고 거리 변해요
상품도 진열대에서 사라져요**

어디선가 북소리 들립니다 불씨를 살려야 합니다 디자인
거리에서 밀려난 노점상, 구호를 외칩니다 절규로 변해 목
이 쉬지만 메아리 잦아들어 아무도 듣지 않습니다

서로 알아보지 못해야 살아낼 수 있어요

마네킹, 모조품 넘쳐나고 처녀 재생산한다잖아요
진품증명서 어디서 발급하나요
           ―「강남역―디자인거리」 부분 ④ [강조는 필재]

**건전지 부품 같은 생
조금만 더 높이 더 높이 날아야 한다**

**어두워진다
카드를 목에 단 이들이 떠났다
불철주야 돌아가는 감시카메라
어둠과 대면한다
나뭇잎이 우수수 떨어진다 […]
빌딩 사이 파르테논 신전 불가침 영역이다
사람들, 소리 떠난 자리 피라미드 같다**
           ―「강남역―삼성가」 부분 ⑤ [강조는 필재]

146

① 대도시 시편의 가장 큰 특징을 말할 때 그것은 군중[성]에 관해서이다. "군중 […] 행렬"에 관해서이다. 일찍이 독일의 켈러Gottfried Keller (1819-1890)는 그의 시 「도시에서」를 통해 '보초교대 행렬', '장례 행렬', '결혼식 행렬'이 서로 얽힌 것에 관해 쓴 적이 있다. 박광숙의 「서울구경 2—광화문광장」 역시 아무 감정 없이 읽을 때 분명 군중에 관해서이고, 그것도 다양한 군중의 병렬-얽힘에 관해서이다.

② **대도시 시편들을 말할 때 우선 산업화-도시화를 전제하지 않을 수 없을 것이다. 그렇더라도 박광숙의 시편들에서 놀라운 것은 대도시가 주는 매혹과 대도시에 대한 저주가 공존하는 것에 관한 인식을 보여준 점이다.** 특히 「강남역—새벽풍경」이 주목되는 것은 행들 대부분이 대도시에 관한 매혹을 전달하기 때문이다. 특히 '매혹적 대도시'를 첨예하게 드러낸 곳이 마지막 연, "'당신의 마음을 애틋이 사랑하듯 우리 사는 세상을 사랑합니다'"이다. 인용 셋째 연의 "올려다보아도 까마득한 교보빌딩 현판"은 대도시를 거의 경배하는 수준으로 읽힌다.

③ **현대사회를 지칭하는 용어로 성과사회-업적사회 Leistungsgesellschaft 가 있다. 특히 피로사회 - 위험사회라는 용어가 있다. '강남역 아케이드'에 함께 하는 사람들은-종사자들이든 행인들이든-성과 및 업적 위주의 삶을 살고 있는 자들일 확률이 높다.** 「강남역—정전」에서 주목되는

것은 "정전(停電)"이 이미 말하는바 파국이 예정된 것에 관해서이다. 정전이 표상하는 것은 피로사회Müdigkeit-sgesellschaft(한병철)이기도 하고 위험사회Risikogese-llschaft(울리히 벡)이기도 하다. 특히 인용 마지막 연 "불켜진 진열장 마네킹 머리 뒹굴고 팔다리 따로돌아다닌다"가 표상하는 것은 자본주의적 생활방식의 파국에 관해서이다. 베를린 장벽 붕괴 이후, 그리고 소비에트 연방 해체 이후, 그러니까 탈냉전 이후 '자본주의 생활방식의 독주'('역사의 종언')가 이루어졌으나 이 또한 영원하지 않을 것을 대도시시 「강남역—정전」은 말한다. 위험사회는 대재난에 관해서만이 아니다. 채권-채무사회의 종언을 말할 때 이는 자본주의적 존재양식의 첨예한 붕괴에 관해서이다. 이른바 고위험사회의 도래로서 무정부주의를 말할 수 있다. 니체 이후 마우리치오 라자라토 등이 현대 자본주의의 특징을 채권/채무사회로 명명했으나, 이 또한 그 안에 대파국을 함축하는 점에서 영원한 것으로 볼 수 없다. 詩 「강남역—정전」이 의미있는 바가 많다. "밥을/ 빨래도/ 물건을 사고팔 수도 없는데/ 숫자판 응답이 없네"라고 했을 때, 특히 '물건을 사고팔 수도 없는데'라고 했을 때 이것은 틀림없이 채권/채무사회의 종언에 관해서이다. 아니, '채권/채무사회의 종언'을 넘어서는 것에 관해서이다. ④ 크게 보아 공간경제에서 시간경제로의 이동에 관해서이다. 시간경제를 첨예하게 표상하는 것이 중간의 "디자

인거리 광고판 3초에 한 번씩 변합니다 눈 깜짝할 사이 사
람들도 변하고 거리 변해요/ 상품도 진열대에서 사라져요
[…] 디자인거리에서 밀려난 노점상, 구호를 외칩니다 절
규로 변해 목이 쉬지만 메아리 잦아들어 아무도 듣지 않
습니다"이다. 공간의 이동을 통해서 이윤을 남기던 시대
는 벌써 갔고, 시간의 이동을 통해서 이윤을 남기던 시대
가 벌써 왔다. **디자인 거리가 표상하는 것이 시간경제에
관해서이다. 성능이 문제가 아니라, 디자인이 문제가 되는
시간경제에 관해서이다. 디자인에는 사람 디자인도 포함
되고 거리 디자인도 포함된다. 詩 「강남역_디자인거리」의
대부분이 사실 "성형외과"에 의한 디자인에 관해서이다.**
시간경제의 총아로 성형외과 디자인을 얘기했을 때 이 또
한 대도시자본주의 경제에 관한 것이다. 박광숙은 대도시
시의 면적을 늘려 놓았다.

⑤ 「강남역─삼성가」는 크게 세 부분으로 나뉘어졌다. 첫
째, "건전지 부품 같은 생/ 조금만 더 높이 더 높이 날아야
한다"가 말하는 것으로 분업경제-분업사회가 자본주의경
제의 중요한 항목인 것을 확인시켰다. 둘째, "카드를 목에
단 이들이 떠났다/ 불철주야 돌아가는 감시카메라/ 어둠
과 대면한다"가 말하는 것으로서 조지 오웰의 『1984년』을
떠올리게 했다. '감시사회의 전면화'가 또한 대도시 시편
들의 주요항목인 것을 확인시킨 셈이다. 셋째, "빌딩 사이
파르테논 신전 불가침 영역이다/ 사람들, 소리 떠난 자리

피라미드 같다"가 말하는바, 호르크하이머-아도르노가 『계몽의 변증법』에서 설파한 "계몽은 신화로 퇴보한다"는 격률의 재현에 관해서이다. '계몽은 신화로 퇴보한다'를 강남역에 대입할 때 이것은 '계몽의 첨병' 강남역 빌딩들이 신화처럼 무비판적 성역으로 남겨지는 것에 관해서이다. 박광숙에 의해서 한국의 대도시시는 걸음마를 떼기 시작했다.

박광숙의 「강남역—새벽풍경」, 「강남역—정전」「강남역—디자인거리」「강남역—삼성가」 모두 대도시詩로서 역사철학적 주목을 요한다. 일관되게 강남역 풍경을 담은 대도시 시편들이다. 강남역 일대는 대한민국 압축성장의 최종지점으로 기억될 것이다. 프랑스에서 보들레르의 『악의 꽃』과 『파리의 우울』로 대변되는 대도시시가 있었고, 독일에서 역시 파리를 배경으로 한 릴케의 산문시 『말테의 수기』가 있었다. 이후 대도시시는 독일 표현주의 시대에서 절정을 맞는다. 니체의 여러 차라투스트라 시편들의 영향권 아래에서 하임, 판 호디스, 슈타들러, 특히 벤과 브레히트가 대도시시들을 정착시켰다. 벤의 『시체공시소·기타』, 그리고 브레히트의 「불쌍한 베베」가 유명했다. 대도시의 시인들은 한편으로 대도시가 주는 매력에 빠졌들었으나, 대개는 대도시에 비판적이었다. 박광숙의 대도시 시편들에서도 이는 정확히 재현되었다. 박광숙이 몇 걸음 더 나간 것은 자본주의적 생활방식의 재현을 넘어, 자본주의적 경제체제의 몰락까지 얘기한 점이다.

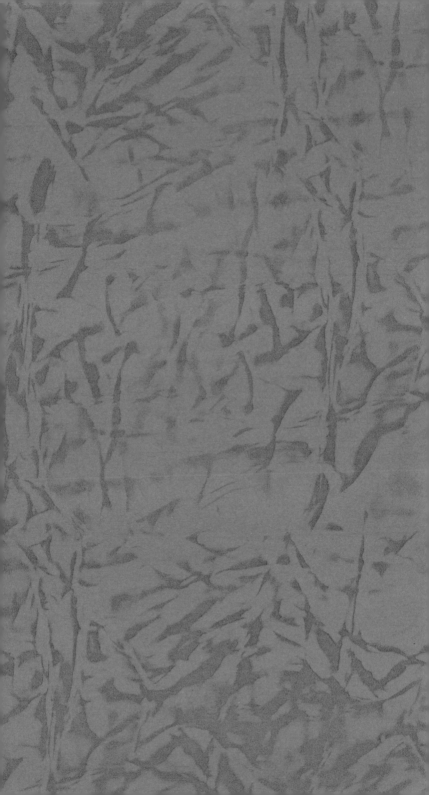

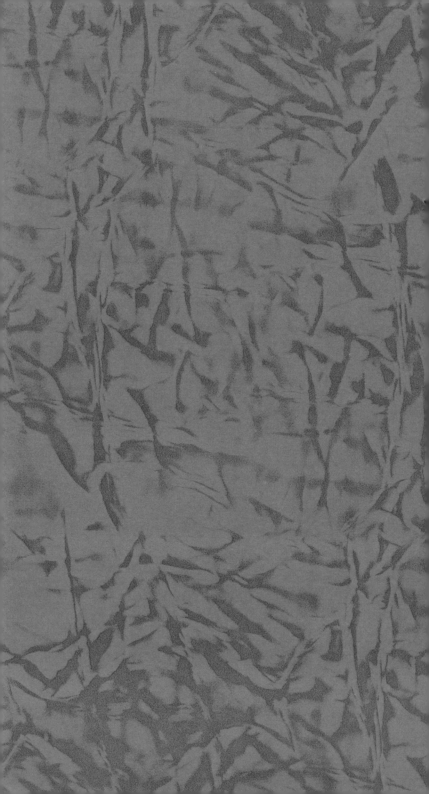

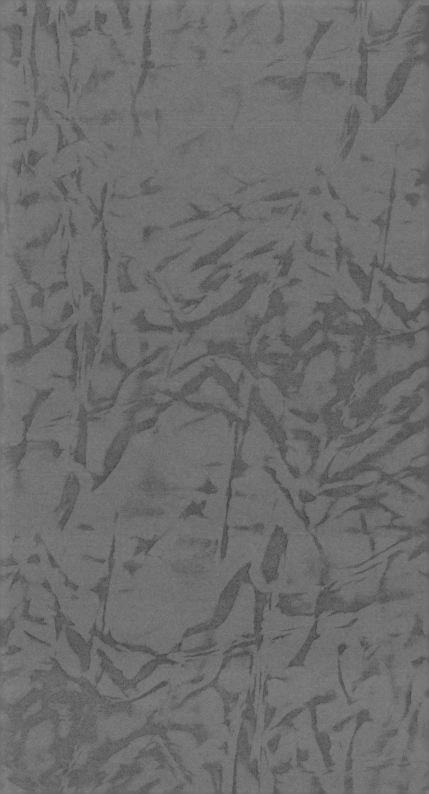